DESCONFORTO

DESCONFORTO

LUIZ VADICO

Labrador

© Luiz Vadico, 2024
Todos os direitos desta edição reservados à Editora Labrador.

Coordenação editorial Pamela J. Oliveira
Assistência editorial Leticia Oliveira, Vanessa Nagayoshi
Fotografia e Capa Amanda Chagas
Projeto gráfico Marina Fodra
Diagramação Emily Macedo Santos
Preparação de texto Vinícius E. Russi
Revisão Maurício Katayama

Dados Internacionais de Catalogação na Publicação (CIP)
Jéssica de Oliveira Molinari - CRB-8/9852

Vadico, Luiz
 Desconforto / Luiz Vadico.
 São Paulo : Labrador, 2024.
 144 p.

 ISBN 978-65-5625-694-8

 1. Contos brasileiros I. Título

24-4100   CDD B869.3

Índice para catálogo sistemático:
1. Contos brasileiros

Labrador

Diretor-geral Daniel Pinsky
Rua Dr. José Elias, 520, sala 1
Alto da Lapa | 05083-030 | São Paulo | SP
editoralabrador.com.br | (11) 3641-7446
contato@editoralabrador.com.br

A reprodução de qualquer parte desta obra é ilegal e configura uma apropriação indevida dos direitos intelectuais e patrimoniais do autor. A editora não é responsável pelo conteúdo deste livro.

Esta é uma obra de ficção. Qualquer semelhança com nomes, pessoas, fatos ou situações da vida real será mera coincidência.

SUMÁRIO

7   NOITE DE PAZ, NOITE DE LUZ

11   O NATAL DE BRAD PITT

31   DO OUTRO

37   UM FATO NOVO NO NATAL

53   RESPOSTAS

59   CARA DE ANJO

75   DESCONFORTO

83   ENTRETANTO...

93   PIETÁ

105   TRÊS HISTÓRIAS DE PAI

119   MARCADO NA PELE

137   SILÊNCIO

NOITE DE PAZ, NOITE DE LUZ

AJOELHADO ALI JUNTO DA MANJEDOURA, enquanto Maria orava contrita pelo menino, José insistia em procurar nele algum traço físico, alguma semelhança com sua família. Observado pela vaca e o burro, ele ainda estava mergulhado em dúvidas. Seus olhos iam do menino para Maria, de Maria para o menino. Nem tanto para saber se havia semelhança entre eles, mas para ver se ela estava de alguma forma constrangida. Entretanto, desde o nascimento, ela baixara o olhar, como se estivesse numa eterna prece envergonhada.

Ele gostaria que ela o encarasse e que estivesse com os olhos brilhando e os lábios cheios de sorriso. Mas não, ela fixara seu olhar no menino. De agora em diante, estaria convivendo todos os dias com o que fizera.

De canto de olho, José examinava os pastores que vieram visitar. Vieram do nada, sem que ele tivesse sido avisado ou tivesse mandado chamar. Fora Maria? Eram quatro rapazes jovens e, dentre eles, dois bem bonitos. Enquanto seus lábios oravam para Deus abençoar a criança, examinava os traços físicos dos mais belos. E tentava adivinhar um rosto mais confiante, um brilho de satisfação nas faces... Ficou um tempo assim. Depois pensou que não precisava ser o mais bonito, às vezes o mais simpático, o mais agradável.

Olhou o entorno todo, pois sentia-se também vigiado. Até as ovelhas pareciam olhá-lo com ares de galhofa. Ali, ajoelhado diante da criança, de frente para Maria, ainda se perguntava se fizera bem em assumir a criança. Não estaria agora sendo observado pelo verdadeiro pai? Seria por isso que ela não levantava os olhos?

Ainda que tenha sonhado que tudo estava bem e em conformidade, José dizia: "sonho é sonho, isto aqui é a realidade".

Observando os outros filhos e filhas, que pareciam alheios ao acontecimento, sentia que, por mais que fizesse, o que estava ali seria sempre o enteado. Já decidira que da sua herança ele não faria parte. Mandaria o Rabino educá-lo para ser religioso, pois da carpintaria não levaria nada. Não seria justo com os demais.

Olhava para o menino lindo e cismava, lindo demais. Ainda assim, não lhe despertara o carinho. Como se alertada pelas desconfianças, a criança começou a chorar, um chorinho leve, prontamente transformado num berreiro sem par. Não bastava a dor nos joelhos de tanto tempo estar ali ajoelhado, agora os gritos terríveis cortavam a noite silenciosa. Não conseguiu disfarçar no rosto a contrariedade.

Maria, ainda sem levantar o olhar, tomou nos braços o pequeno, e sem muito sucesso o tentou ninar. Era fome. Então tirou o seio para fora para o alimentar. José, escandalizado, correu os olhos no burro, na vaca, nas ovelhas e por fim nos homens que até pareciam salivar, e, de forma firme, mandou:

— Entra, mulher!

Levantou-se, um pouco indignado com o gesto que lhe parecia indecoroso, não o de alimentar o bebê, mas mostrar o seio para o outro ver. Sem poder dizer o que desejava nem saber qual era a verdade, dirigiu-se aos belos, jovens, simpáticos e adoráveis pastores, e, entre zangado e formal, agradeceu e aconselhou:

— Foi uma honra que viessem nos visitar, mas fiquem longe daqui. Levem as ovelhas distante para pastorear. — Diante dos rostos surpresos, explicou: — É para os balidos das ovelhas a criança não acordar.

Um galo cantou como se procurasse dispersar a incômoda reunião. Os pastores foram se retirando sob o olhar atento de José, que desejava ter certeza de que nenhum se voltaria ou ficaria para trás. Depois trancou o burro e a vaca no curral, pôs a manjedoura no lugar. Mandou os filhos pararem com as brincadeiras e irem se lavar.

Entrou na casa simples, e com força bateu a porta. Enquanto, do lado de fora, se ouvia:

— Maria, acabou a presepada!

E eis que, com a decisão de José, o belo menino não seria nem pastor, nem carpinteiro, mas da humanidade o redentor.

(Deus em sua misericórdia escreve belas estórias onde elas não pareciam possíveis.)

O NATAL
DE BRAD PITT

BRAD PITT, SEU NOME ERA BRAD PITT. Menino de cabelos loiros espetados, parecendo de palha. Escutou no corredor a conversa da irmã Das Dores com a irmã Dirce. O Natal deste ano seria diferente. Irmã Dirce, por detrás dos seus grossos óculos de aros pretos, sugerira que o Papai Noel viesse de madrugada ao orfanato Santa Luzia. Assim as crianças seriam surpreendidas, como quando ela fora uma menininha. A ideia foi aceita, estranhamente sem nenhuma discussão. Sem que notassem, o menino magrinho, branco, de olhos imensos e azuis, catou a frase no ar e sem demora foi avisar aos outros. Do alto dos seus oito anos, Brad Pitt era um dos mais ativos dali. Colaram-lhe alguns rótulos típicos: hiperativo, com déficit de atenção, endiabrado etc. Já haviam concordado entre si que na vida ele só seria loiro. Fora irmã Assunção, uma amante de cinema, quem lhe dera o apelido. Assim como aos outros meninos.

— É para eles se sentirem importantes! — dizia.

Ele atravessou os diversos corredores, extasiado com a novidade. Foi correndo contar pro Cadelão — esta era a corruptela de Alain Delon. As crianças rapidinho mudaram o nome que ele havia ganhado. Cadelão já tinha treze anos. Era branco, moreno, magro, de cabelos lisos e penteados de forma parecida à do astro francês, com quem realmente guardava alguma semelhança. Entretanto, diferentemente dele, tinha olhos negros, raros olhos negros. Um rapazinho bonito, com o semblante marcado pelo traço da revolta. Encontrou-o no dormitório, sentado num beliche. Junto dele um menino muito franzino, cabelos castanhos encaracolados, olhos vivos e lábios muito vermelhos, o Pipoca.

Ele já tinha uns onze anos. A irmã o havia chamado inicialmente de Clint Eastwood; como ela sempre encontrava alguém "comendo" ele em algum canto, chamou-o de Pipoca, pois no cinema todo mundo gosta de comer pipoca. O Pipoquinha era meio dado também, talvez por carência, ou tristeza, estava sempre se abraçando em algum menino. Ninguém sabia quem o vitimara primeiro, mas se notou que a luta era insana, só o transferindo de orfanato para melhorar. E não sabiam se isso iria ajudar. Então, Pipoca dava seus pulos. Tanto colaram os apelidos que quase ninguém se lembrava dos seus nomes. Talvez estivessem escritos numa ficha trancada dentro de um armário de aço no escritório. Talvez fossem assim desde sempre, astros que brilhavam sozinhos no céu do orfanato.

— Papai Noel vai vir de madrugada! — resfolegava Brad Pitt quase sem conseguir falar depois da correria.

— Calma! — pediu Cadelão. — Explica direito!

Enquanto ouviam atentos, MacGyver, o sardentinho ruivo, se aproximava para saber o que havia acontecido. Sim, nem só o cinema era ocupação de irmã Assunção. E o nosso MacGyver era um pouco parecido com aquele. Aos treze anos já conhecia umas coisas de eletricidade, encanamento e marcenaria. Um faz-tudo vocacionado.

— Manêro! — comentou Cadelão, fingindo gostar da novidade. Ele até mesmo sorriu, coisa difícil naquele rosto. Já tinha idade suficiente para saber algumas coisas, inclusive sobre a existência do Papai Noel. Mas não tirava a alegria dos outros meninos, pois tinham muito pouco para festejar e sorrir. — O que será que ele vai trazer desta vez?!

— Eu pedi um celular! — tascou Brad.

— E eu pedi um videogame! — foi logo afirmando o Pipoca.

— Mas qual — achegou-se MacGyver —, será tudo carrinho, bola de plástico e boneca! — afirmou, azedo.

— Não será, não! — retrucou Cadelão. — Desta vez o Papai Noel trará tudo o que vocês pediram!

— Para que mentir pra eles?! — questionou o ruivinho.

— Fica quieto, MacGyver! — mandou. — Não tá feliz, não estraga o prazer dos outros!

E de longe, do fim do grande quarto que abrigava uns vinte beliches, veio caminhando todo seguro, como se já fosse um adulto, Will Smith. De cima dos seus onze anos de idade, sorriu como se soubesse de tudo e foi logo segregando:

— Eu pedi um pai e uma mãe! — E, antes que alguém dissesse algo, completou: — Eles me darão tudo o que eu quiser!

— Você é muito "espertão", Will! — ironizou MacGyver. — Pai e mãe não tem na promoção! Vai ter de que se contentar com um casal gay! — E Will, sem se deixar abater, respondeu:

— Não tem problema! Além de me dar tudo o que quero, ainda vão me dar de marca! Só grife! — E deu uma gostosa gargalhada.

— Eu só quero beijo e abraço... — Pipoca murmurou, tímido. Se alguém o ouviu, ignorou.

— Precisa avisar o Stallone depois que ele acordar! — comentou Cadelão. Senão pode dar merda esse negócio!

— Xiii! É verdade! — concordou Brad Pitt, e emendou: — Deixa comigo!

— Brad, não vai esquecer! — recomendou MacGyver. Se ele encontra um Papai Noel no corredor à noite, ai, ai, ai...

A preocupação era justa, nem as irmãs haviam se lembrado disso. Stallone já tinha dezesseis anos e era o maior deles. O corpo era bem avantajado, mas havia ficado com alguma lesão na cabeça depois que caíra da sacada do segundo andar. Às vezes não entendia bem o que estava acontecendo. Parecia que ficara violento na mesma proporção em que ficara "lerdo". E, por uma estranha razão, não tinha muito sono à noite. Ficava caminhando pelos corredores de madrugada, parecendo um vigia, ou uma assombração. Já pusera um ladrão para correr uma vez. Ainda assim, não era um herói, pois as crianças tinham medo dele, era muito instável. Para bater em alguém, bastava se sentir posto de lado.

Ainda faltava avisar os trigêmeos Tom Cruise, Tom Hanks e Tom Hardy, que tinham testas e caras de carneiro e corriam feito o diabo pelo lugar todo. Sempre estavam pensando em uma arte diferente. A irmã Assunção pensou em chamá-los Demian 1, 2 e 3, por causa do filme *A Profecia*, dos anos 1980. Entretanto, conteve-se em nome da bondade cristã. Ainda que tivessem apenas doze anos, eles estavam convencidos de que não seriam adotados jamais. Adotar um é difícil, mas três?! Era o que achavam. Então, aquele prédio secular, com cara de mosteiro, passou a ser não o seu lar, mas uma plataforma de testes para malvadezas. A Madre Teresa, superiora do lugar, não gostava muito que se apelidassem as crianças, mas fez uma exceção para eles. Chamava-os às escondidas de "três tons de cinza", perverso, cruel e malvado. Não se deixem enganar, elas eram só amor com as crianças. Estavam sempre procurando a melhor forma de fazê-las felizes e, ainda, como tantas boas mães o fazem, perdiam a paciência e a santidade diante de uma rotina cheia de aventuras.

―

Faltavam ainda dois dias para o Natal. Evandro, contente, desligou o telefone. Enfim, fora contratado. Parecia que os investimentos valeram a pena. Quase doze meses deixando a barba crescer e cultivando-a carinhosamente. Desde o último ano, decidira trabalhar como Papai Noel. Chegara mesmo a fazer um curso. Aos sessenta e dois anos, sua barba ainda não estava branca de verdade; resolveria o problema com talco. De onde estava já foi gritando para a mulher:

— Graça, me contrataram!

— Não acredito! Sério mesmo?! — retrucou.

— Eu te disse que era um bom momento! — afirmou Evandro, esperançoso. Enquanto sua esposa, já cinquentona, recheada de formosura, e sobrecarregada pelas faxinas, não conseguia ser muito positiva:

— Lindão, faltam dois dias para o Natal, talvez menos, e só um lugar te chamou até agora!

— Mas chamarão! Chamarão! Pode acreditar! — E, otimista, completou: — O mundo está mudando! E você não sabe da melhor parte: eu vou chegar a tempo pra almoçar com a família!

— Essa notícia é realmente boa. Não gosto da família separada. Se bem que aqui sobraram só nós dois, mas a Berenice, a Rita e a Cleusa virão. E trarão as crianças! — E, sorrindo cheia de bonomia, completou: — Será um dia infernal! Saudade dos meus netos!

— Ainda não dará para comprar um peru... — lamentou-se.

— E desde quando nós comemos peru?! — Fez-se de rogada.

— Há uma primeira vez para tudo!

Eram negros, e sua casinha simples, de fundos, alugada, escondia muita dor e pobreza. Isso não impedia que dali brotassem emoções sinceras e verdadeiras. Criaram as três filhas entre muitas dificuldades. Nenhuma era médica, nem advogada, nem empresária, mas todas eram amadas. Quase quarenta anos de união, e o casal ainda mantinha sua promessa nupcial "vai faltar tudo, menos amor!".

Na noite combinada, 24 de dezembro, Evandro saiu à rua vestido de Papai Noel. Odiava dar o braço a torcer para a mulher, porém Graça estava certa, só aquele trabalho apareceu. Levava um saco vermelho nas costas com um monte de pequenos presentes, que lhe haviam sido entregues no dia anterior. Tomou um ônibus e, enquanto ouvia as conversas ruidosas e a queima de fogos que espocavam pelas ruas, percebia alguns olhares de esguelha para si. Fez o que costumava fazer quando se sentia constrangido, olhou para o chão e manteve-se digno, ainda que se sentindo um pouco diminuído em sua posição, um tanto quanto vexatória, de Papai Noel. Quase duas horas depois, de ônibus, metrô e uma breve caminhada, chegou ao seu destino.

No alto do portal, uma placa de madeira antiga, pendurada por correntes, informava: "Orfanato Santa Luzia". E, na lateral do grande muro, vinham os dizeres: "Instituto Assistencial Santa Luzia. Reeducação e abrigo de menores". A rua era mal iluminada. O prédio, com um recuo grande do passeio público, parecia um mosteiro do século XVIII. Uma luzinha aqui e outra acolá impediam aquele lugar de mergulhar em trevas. O barulho dos fogos distantes reverberava, mas já havia passado em muito a meia-noite. Cumprimentou o guarda, numa guarita na entrada, e logo lhe entregou a carta de informação que a empresa dera. O sujeito olhou-o de alto a baixo, desconfiado, e comentou entredentes:

— É cada ideia de jerico... — E foi informando, a contragosto: — Tá vendo aquela escada lá? Você vai subir por ela e entrar na janela do segundo andar!

Evandro estranhou, ao que o guarda explicou:

— Você vai entrar de mansinho, sem fazer barulho. Senão acorda as crianças e estraga a surpresa! Depois de entrar, desce as escadas até o primeiro andar e põe os presentes embaixo da árvore de Natal. Então, você dá um jeito de fazer barulho e, quando as crianças acordarem, finge que é o Papai Noel e foi pego de surpresa! Aí é só fazer a festa com a criançada. Depois você coloca todo mundo na cama!

— Obrigado! — agradeceu Evandro. — Nem precisava explicar, a irmã Dirce me ligou e explicou tudo direitinho!

— Por que não falou logo, mané!? — azedou o guarda. — Vai lá!

Até aquele momento, Evandro estava de bom espírito, porém, caminhando devagar em direção ao prédio escuro e triste, o coração lhe pesou. Nenhuma luz, nenhum som, só o silêncio enquanto o resto da cidade celebrava o Natal.

— Que tristeza, meu Deus — murmurou.

— Ele morreu! Ele morreu! — Brad Pitt tentava cochichar e gritar ao mesmo tempo. Numa disparada tinha ido ao dormitório e já voltava seguido de perto pelos outros meninos.

— Ele quem morreu?! — perguntava Alain Delon, agora com todos ali, vendo o Papai Noel estatelado no chão em meio à escuridão. Densa penumbra caía por todo lado. Por um segundo houve silêncio entre eles. Ouvia-se apenas a quase asmática respiração ofegante de Brad Pitt. — Como foi isso?

— Não sei! — foi respondendo. — Eu estava sentado lá no alto, no terceiro degrau da escada — disse, apontando —, e de repente senti um ventinho passando, e ele rolou a escada! Bateu nuns três lugares diferentes! Vocês não escutaram o barulho?!

— Não escutamos nada! — falou MacGyver, concluindo. — Então ele tropeçou em você e caiu...

— Não! — defendeu-se. — Não tropeçou em mim! Foi como eu disse. Tava sentado lá em cima, e só senti quando ele caiu!

— Tropeçou, sim! — reafirmou o outro.

— Não! Não! — Desesperou-se o menino, com medo de que o culpassem de alguma coisa.

— Cala a boca, MacGyver! — mandou Cadelão. E abaixou-se para ver se o homem ainda respirava. — Está vivo! — Passou a mão pelos cabelos, num gesto muito característico seu, como se estivesse pensando no que fazer naquela situação, e comentou: — Deve ser o Papai Noel que as irmãs disseram que vinha... Brad, você avisou o Stallone?

Ele deu uma coçada vigorosa nos cabelos cor de palha, bagunçando-os ainda mais, e gaguejou:

— Não, eu esqueci...

— Então foi ele! — acusou novamente MacGyver.

— Não foi! — defendeu-o.

— Claro que foi! Você disse que não viu! — Esbravejou e lhe deu um tapinha na cabeça.

— Eu não vi, você também não viu! Nem estava aqui! — gritou Brad.

Os três Tons chegaram junto deles, iluminando a cena com uma lanterna. O Papai Noel de bruços no chão, e o saco de presente próximo ao corpo, mais adiante a árvore de Natal escondia-se na penumbra. Ao mesmo tempo que iluminavam tudo à sua volta, ficava ainda mais escuro. Os rostos dos meninos mal podiam ser vistos.

— Ninguém viu o Stallone? — questionou Tom Hanks, entendendo tudo o que acontecera apenas numa olhada. A pergunta ficou sem resposta, apenas um aceno negativo que não poderia ser visto. — Vamos virar esse cara! — mandou. Os dois Tons abaixaram-se, esforçaram-se, mas não tinham força suficiente, então Cadelão os ajudou. Assim que conseguiram o feito, um assombro se abateu sobre os menores: "Ele é preto!".

— Esse cara não é o Papai Noel! — afirmou Will Smith, cheio de certeza.

— Claro que é?! Como não?! — admirou-se o Pipoca. — Tá vestido igualzinho ele!

E, munido da sua triste verdade cotidiana, Will reafirmou:

— Não existe Papai Noel preto!

— Existe Papai Noel de todas as cores! — discordou Pipoquinha, cheio de esperança.

— Não existe! — esclareceu Will Smith. — Eu vi na TV que o Papai Noel se chama Santa Klaus e nasceu bem no norte onde só tem loiro que nem o Brad Pitt.

— Não é verdade! — Pipoca recusou-se a acreditar.

Sem saber bem o que fazer, Cadelão teve uma ideia:

— Isso é fácil de descobrir. Vamos olhar o saco, se ele trouxe os nossos presentes é o Papai Noel! Caso contrário é um ladrão!

Tom Hanks abriu o saco e foi jogando para fora um por um os presentes, enquanto iluminava com a lanterna:

— Bola, carrinho, jogo de xadrez, boneca, cachorrinho de pelúcia, outra bola...

— Então — fez Cadelão —, foi como eu disse, é o Papai Noel!

MacGyver sorriu e comentou venenosamente:

— Não é não! Os nossos presentes eram outros. Cadê os celulares? Os videogames? — Alain Delon fuzilou-o com o olhar; de nada adiantou.

Em instantes, Tom Cruise, sem que ninguém lhe pedisse, voltou à cena com um lençol. Ainda mais rápido do que o buscara, fizeram-no em tiras. Enquanto Cadelão, pego de surpresa, perguntava:

— O que vão fazer?

— Ué — respondeu Tom Hardy —, estamos amarrando ele. Não sabemos quem é!

— Parem de loucura! — pediu o outro. — É claro que sabemos quem é. As irmãs o mandaram vir aqui e fingir que era Papai Noel!

— Não, você pensa que sabe! Nós não estávamos sabendo de nada. Vocês estão contando a estória que o "Brad Pitt disse" que viria um Papai Noel. Mas as irmãs não avisaram nada. O Brad também não sabe o que aconteceu com o cara! — E completou com um estranho bom senso. — Vocês acham que as freiras iriam contratar um homem adulto pra entrar de madrugada num orfanato onde só tem criança?! Tá na cara que era lorota do Brad Pitt!

— E como você explica esse homem, aí? — perguntou MacGyver.

— É uma coincidência. Esse cara deve ser um ladrão ou coisa pior...

— Um petrófilo! — afirmou o Pipoquinha, cheio de assombro.

— Petrófilo não! Seu burro! — corrigiu Will Smith. — Pedófilo!

— E o que é isso, Pipoca? — questionou o ruivo.

E, entre revoltado e assustado, ele respondeu:

— É um homem que enfia um pinto bem grande no seu cu! E você pede pra ele parar e não para! E diz que vai te bater! E ele te machuca e ninguém liga!

Pesado silêncio caiu sobre eles. O que inicialmente parecia certo agora era uma incerteza. Apesar do carinho e esforço das freiras, viviam entre incertezas, ameaças e medos quer fossem imaginados ou não. Ali, sozinhos no escuro, nenhum deles teve a ideia de chamar o guarda ou ir até a casa das freiras pedir ajuda ou informar o que estava acontecendo. Era o medo. O medo de cada um se entrelaçando ao medo de todos os outros e formando uma teia que aos poucos os ia envolvendo.

Colocaram-no sentado no segundo degrau da escada com muito esforço e o amarraram fortemente. Amordaçaram para que não gritasse. Brad Pitt, ainda assustado, aproximou-se e segurou a barba com as duas mãos.

— Parece de verdade... — Cheirou as mãos e concluiu: — Cheiro de talco... essa barba é falsa!

E aí a puxou sem dó e nem piedade, tentando arrancá-la. Nisso, o homem recobrou-se e gritou de dor, a mordaça abafava o som. Brad Pitt recuou, assustado, em seguida sorriu como quem estivesse feliz com o que havia feito. Enquanto um desfile de frases cujos donos se revezavam em meio às sombras se emaranhava pelo ar: "A barba é de verdade...", "... ele é Papai Noel...", "Não sei, só perguntando pra ele...", "Uia, Papai Noel é preto!", "Bobagem, não existe!".

Cadelão aproximou-se, baixou a mordaça e perguntou logo:

— Quem é você?

Evandro estava confuso sem saber o que ocorria. Via apenas crianças à sua volta. Tinha uma missão a cumprir, era seu novo emprego. Esperara doze meses por isso. Não importava que a coisa parecia ter dado errado. Não queria desiludi-los, e, esforçando-se, com uma voz rouca e mansa, afirmou sem muita convicção:

— Eu sou o Papai Noel! — E forçou uma risada natalina: — Ho! Ho! Ho!

Cadelão balançou a cabeça desanimado, sentindo que tudo estava para sair do controle. Buscou esclarecer a situação e disse em tom de ameaça:

— Moço, fala sério. Quem é você? — E obteve novamente a mesma resposta, seguida da gargalhada. Era de enregelar a alma. O sincero esforço do contratado parecia-lhes uma risada macabra.

— Cuidado, Cadelão, ele está mentindo! —, alertou MacGyver.

— É claro que está mentindo! — gritou Cadelão.

— Não estou mentindo — afirmou Evandro —, eu sou o Papai Noel!

— Ah, é?! — ironizou Tom Hardy. — Então, me explica, por que você só leva presente bom pras crianças ricas? Cansei de pedir um patinete e você nunca trouxe!

— E eu pedi pra ser adotado sozinho... — afirmou Tom Cruise. E os outros dois o olharam espantados.

— Cadê os pais que eu pedi?! — emendou afobado Will Smith.

— Minha caixa de ferramentas também não apareceu, Sr. Noel! — comentou azedo MacGyver.

E, antes que todos colocassem suas queixas, Evandro tentou explicar o inexplicável:

— Vocês precisam entender, eu não consigo dar presentes bons pra todo mundo...

— E então só dá para os ricos! Você faz questão de agradar os ricos! Mas pra gente não dá nada nem aparece! — esbravejou Pipoca.

— Me desamarrem — pediu Evandro —, já dou pra vocês os presentes que eu trouxe!

Tentando retomar o controle da situação, Alain Delon informou o homem:

— Já vimos os presentes! Um monte de porcaria!

Ainda sem se dar conta da situação, Evandro sorriu e foi afiançando:

— Os presentes estão ainda no meu trenó. Deixei estacionado no telhado! Me soltem, irei lá buscá-los!

Tomado pela fúria, MacGyver lhe deu um tapa na cara:

— Para de contar mentira!

— Pelo amor de Deus, menino! Eu não estou mentindo! — implorou Evandro.

— Tem um jeito de ele contar a verdade! — falou Tom Cruise. Fez sinal para os dois Tons e MacGyver seguirem-no no corredor escuro. Deixou a lanterna ali para que Cadelão controlasse a situação.

Evandro, sentindo que estava mais seguro, pediu:

— Por favor, me desamarre para eu poder ir embora!

Ao que Cadelão questionou novamente:

— Então você não é o Papai Noel?!

Evandro, sabendo que era um rapazote, redarguiu:

— O que você acha?!

— Eu estou começando a achar que os outros têm razão! Até agora para mim você é um mentiroso!

— Menino, não é nada disso! Estou aqui trabalhando! Não sei quem me derrubou da escada! — E completou: — Nada disso teria acontecido se eu não tivesse caído! Vá chamar as freiras!

— Eu vou chamar a polícia, isso sim! — ameaçou Alain Delon.

— Por favor, a polícia não! — pediu Evandro, imaginando o que ocorria quando papais noéis negros são pegos num "suposto flagrante" fazendo um serviço em meio à madrugada. — Menino, eu tenho família! Preciso voltar pra casa...

Entretanto, parecia que Evandro havia errado as palavras-chave que o libertariam e só conseguiu liberar a raiva e a mágoa de Cadelão, que até aquele momento ele tentava controlar:

— É sempre assim! Pessoas como você, que têm família, casa e tudo do bom e do melhor, acham que podem vir aqui brincar com a vida da gente! — E, com voz firme, já puxando os cabelos do homem e chacoalhando-o, praticamente gritou. — Não pode, ouviu?! Você está ouvindo?! Não pode!

— Por favor, me solte! Senão vai dar ruim...

— Solta ele, Cadelão... — pediu, súplice, o Pipoca, deixando uma lagrimazinha escorrer.

Alain abraçou com carinho o pequeno, como se fosse um irmão, e argumentou:

— Quando te pegam, metem em você, te machucam e você pede pra te soltarem, eles te soltam?!

— Não... — murmurou como se fosse sumir.

— Então, aqui é a mesma coisa... A diferença é que ele merece sofrer...

Ouvindo isso, Evandro se apavorou:

— Não mereço sofrer, não! Sou inocente! Nunca fiz nada de errado! Me solta, moleque dos infernos!

— Ouviu a verdade, Pipoca?! — E repetiu entredentes: — "Moleque dos infernos...".

O menino se calou, murchou e se agachou num cantinho, entre assustado, decepcionado e aturdido. Ficou pensando em como poderia ajudar, ao mesmo tempo não reconhecia o amigo de quem tanto gostava.

Do corredor escuro os quatro voltaram brotando das sombras. Tom Hanks, num sorriso maligno, foi mostrando o que traziam:

— Olha só o que temos! Álcool, ácido muriático para limpeza, pregos e martelo, fósforos e até veneno de rato!

— Não, não! — gritou Evandro. — Você ficou louco, moleque! Pelo amor de Deus, não faça nada comigo!

— Eu não vou fazer nada — respondeu Tom Hanks. — Sou bom moço, mas o Tom Hardy fará!

Nem foi preciso que alguém pedisse, Cadelão prontamente voltou a amordaçá-lo, impedindo os gritos. A questão não parecia mais ser quem ele era, ou o que viera fazer ali. Agora eles pareciam estar com raiva, muita raiva, um sentimento acumulado ao longo de dias e anos. Brad Pitt subiu uns oito degraus da escadaria e lá de cima conseguiu uma vista privilegiada. MacGyver e Tom Cruise se revezaram dando socos e pontapés no homem, que soltava gemidos surdos.

Enquanto Alain Delon e Tom Hardy abriam os produtos químicos, Tom Hanks mandava cheio de fúria:

— Vamos, confessa que é ladrão! Confessa!

"Confessa que é ladrão!", o coro foi engrossado por outras crianças vindas dos outros quartos e que, mergulhadas nas trevas do lugar, soavam como almas satânicas, ecoando a palavra "ladrão" enquanto ritmavam batendo palmas e pés no chão de madeira.

Brad Pitt subiu ainda mais, até o alto da escadaria. E, quase dependurado sobre a balaustrada, olhava atento e ansioso o que ocorria. A lanterna jogava apenas um círculo de luz sobre o Papai Noel, e as vozes, gritos e assovios subiam em ondas agourentas até ele. De repente tinha medo, queria fugir, ao mesmo tempo desejava ver. Alain Delon retirou a mordaça do homem, que agora gritava a plenos pulmões o que parecia ser a sua chance de liberdade:

— Eu sou ladrão! Eu sou ladrão! Me soltem! Eu sou ladrão! Chamem a polícia!

Evandro não conseguia mais raciocinar diante daquele circo de horror. Tom Hardy deliberou:

— Nós mesmos vamos te dar um jeito! Não precisa de polícia! — E prontamente foi amordaçado novamente.

Tom Hanks pegou o ácido muriático, abriu-o lentamente, enquanto o coro de "ladrão" começou novamente a ser entoado. E, estampando no rosto um riso de prazer, ameaçou:

— O castigo é igual ao de Santa Luzia...

Ao ouvir isso, o pequeno Pipoca se levantou e valentemente tentou defender Evandro se colocando à sua frente e tentando empurrar os outros:

— Não, isso não! É maldade!

Não adiantou. Tom Hardy, com um único empurrão, o jogou para longe. E Brad Pitt assistiu lá de cima a derramarem ácido nos olhos dele. Seus gritos semiabafados pela mordaça eram pouco ouvidos enquanto o coro, as palmas, os assovios subiam e desciam, como uma sinfonia de morte. Do lado de fora, bem distante dali, os únicos ruídos que o guarda da guarita ouvia eram as palmas e os assovios. Como só cuidava mesmo de fumar seu cigarrinho, enquanto via vídeos no celular, não percebeu o que estava acontecendo. Achou que as crianças estavam se divertindo.

Por fim, Cadelão derramou dois litros de álcool no velho e se preparava para atear-lhe fogo, ignorando suas dores atrozes. Por um instante pararam tudo, pois não encontravam os fósforos. Tempo suficiente para, num supetão, Tom Hanks ter a lanterna arrancada da sua mão. A luz então se voltou para o rosto de quem o havia feito e todos, mudos, deixaram o nome apenas em seus pensamentos: "Stallone!". Lá do alto, Brad Pitt o via, a luz o fazia imenso, principalmente se comparado aos outros. Ele não falou nenhuma palavra. O coro se dissipou, e os meninos todos foram voltando para seus quartos correndo, como se tivessem sido surpreendidos pela polícia. Ficou ali em pé, iluminando o próprio rosto. Tom Hanks fez sinal para os irmãos e saíram de mansinho, se esgueirando pelo mesmo corredor escuro de onde tinham vindo. Cadelão, com o mesmo bom senso de antes, pegou o Pipoca pela mão, chamou MacGyver e saíram dali. Eram como almas penadas se dispersando entre as sombras e a escuridão. Apenas Brad continuava firme no seu posto de observação.

— O senhor está bem?! — perguntou Stallone, com sua voz lenta e arrastada, enquanto soltava as tiras de lençol que prendiam o pobre Evandro.

— Graças a Deus! Graças a Deus! Você me salvou! — falava aturdido e cego de dor. — Meus olhos, meu filho, me tira daqui! Preciso salvar meus olhos!

— Tenha calma! O senhor consegue andar?! — perguntou.

E Evandro, sem conseguir acreditar que o pior havia sido evitado, respondeu:

— Sim! Mas preciso que me ajude, estou cego!

O jovem colocou a lanterna no chão, baixando a luz, para apoiá-lo, enquanto lhe pedia que se acalmasse e dizia que tudo ficaria bem. E, segurando-o fortemente, recomendou:

— O senhor precisa se acalmar agora, e preste muita atenção, pois vamos descer a escada para o térreo! — E, como se fosse um enfermeiro carinhoso, colocou a mão do velho na balaustrada para se apoiar. Deixou-o um instante em pé, sozinho, para ele se situar. Brad Pitt se debruçou ainda mais para acompanhar o que ocorria e, ao mesmo tempo que ouvia o velho agradecer, mais calmo, também via Stallone se afastar um pouco. Ele apagou a lanterna. Então tudo ficou escuro. E só se escutaram uns gritos abafados enquanto Evandro rolava escada abaixo. O loirinho se esgueirou pela escada, passou por Stallone, que ficara ali em pé próximo, olhou-o cheio de confiança e foi dormir uma noite tranquila de sono.

— Que desgraça, meu Deus! Que desgraça!— gritava a Madre Tereza, cercada pelas irmãs Dirce, Das Dores, Assunção, Encarnação e Aviatta. No chão, estatelado, o corpo de Evandro.

Após as explicações das irmãs para o ocorrido, ela não conseguia manter o equilíbrio diante da situação:

— Que faremos?! Podem me dizer o que faremos?! Contratam um Papai Noel negro e pedem para que ele invada o orfanato de madrugada!! Que ideia!!

— Nós não sabíamos que ele era negro, Madre! — defendeu-se irmã Dirce.

— Não sabiam?! E o que vocês sabem então?! Não bastasse a irmã Assunção começar esse deboche de apelidar as crianças, agora vocês me aparecem com essa!

— Podemos chamar a polícia agora? — perguntou irmã Aviatta.

Cheia de fúria, praticamente enlouquecida, Madre Tereza pegou-a pelos ombros e a chacoalhou:

— Você ficou louca?! Está louca?! É isso?! Quer fechar o orfanato?! Quem vai adotar essas crianças se essa estória sair daqui?!

— Mas, Madre, elas cometeram um crime... — tentou ponderar irmã Das Dores.

— Crime cometeu o mundo quando as deixou sem pai nem mãe! — afirmou Tereza. — Crime cometeram vocês ao descuidarem delas e contratarem um absurdo desses sem nem ao menos me avisarem! — E, honestamente enlouquecida, continuava sua arenga: — Que faremos?! Que faremos?!

Neste instante foi interrompida por um cochichar por detrás das grossas cortinas da janela do hall. Foi até lá, puxou-as com violência e diante do que viu, exausta, gritou:

— Pipoca!! Pelo amor de Deus, moleque! Para de dar o cu! Para de dar o cu! — E tentou inutilmente dar uns tapas nos dois meninos, que escapuliram dali. — Não aguento mais esse menino! — E continuou, gesticulando e desenhando no espaço as suas palavras. — Já vejo as manchetes dos jornais: "Papai Noel Negro é morto por crianças de orfanato católico"! Que desgraça! Que desgraça!

Diante do silêncio de todas, que, contritas, esperavam Tereza retomar a compostura, o pequeno Brad saiu de trás de outra cortina e sugeriu, quase cochichando:

— Enterra ele debaixo do palco do cinema!

— Vai embora, loiro do diabo! — gritou Tereza. E lá se foi o pequeno Brad Pitt sumindo corredores afora.

— Sabe, Madre — comentou irmã Assunção —, a ideia não é má!

— Esse homem tem uma família! Tinha uma vida! Merece um enterro decente! — contra-argumentou a Madre Superiora.

— Então, Madre — opinou irmã Dirce, apoiada por Das Dores —, ele tinha! Não tem mais! Vamos fazer como irmã Assunção sugeriu...

— Mas e quando a polícia chegar e vier investigar o sumiço do homem? — questionou.

— Diremos a verdade — disse irmã Dirce. — Ele veio, fez a festa e foi embora!

— Quem irá desconfiar de nós e das crianças?! — completou Assunção.

Madre Tereza a contragosto se deu por vencida. E assim fizeram. Naquele inesquecível dia de Natal, não houve a missa matinal. Foram até o cinema do orfanato e cavaram ali um túmulo seguro para o pobre Evandro. E, na parte da tarde, para lembrar as crianças dos castigos divinos que esperavam os moleques arteiros, passaram o filme *Marcelino, pão e vinho*. Enquanto o loiro, lerdo, disléxico, senhor déficit de atenção, hiperativo Brad Pitt observava com satisfação o seu sucesso. Fora o seu melhor Natal, jamais se divertira tanto, era a primeira vez que dirigira um verdadeiro filme. Naquela noite todos haviam sido estrelas. E, dali por diante, a sua obra teria público para sempre.

DO OUTRO

EU O VEJO. E dele só posso falar na primeira pessoa. Mas tão distante estamos um do outro que tudo o que eu vier a falar só pode ser de mim que falo. Mas receio assumir as palavras a partir da minha boca, dizer "eu" quando não sou eu, é o outro. Tenho medo de que, ao escrever a verdade, o leitor diga que tudo me pertence e que a estória é minha, que se passou comigo, porque a narrei assim: "Eu estava sentado no sofá da sala, via um filme pornô e me masturbava...". Não fui eu, foi ele, o outro. Mas não há como falar dele sem falar como se fosse de mim.

Eu moro só num apartamento. E espero todos os dias que os vizinhos saiam de casa. Que as faxineiras façam seus barulhos peculiares e que me informem, assim, que estão paradoxalmente distraídas trabalhando. É da estranha distração das faxineiras que falo. Ouvem rádio, aumentam o volume da televisão, cantam nas áreas de serviço. Ao ouvir esse sinal, como um disparo de revólver numa corrida canina, posso enfim me manter esticado na chaise longue marrom. Coloco no canal 291 e torço para não estar passando um filme de travestis deprimentes trepando com homens lindos. Fico feliz se o filme é de homens jovens. E fico mais feliz se eles apenas estão se masturbando. Aí, ficamos eu e eles, assim, perdidos numa grande e infinita intimidade. Cada um com seu pinto, cada um com sua distância. Eu os vejo e eles não me veem, mas isso não me incomoda. Já estou acostumado a não ser visto de verdade.

Numa das mãos o pênis, na outra o mamilo. Brinco de esfregar o ventre, de acariciar meu peito. Não finjo que é alguém que o faz, só quero sentir um toque na minha pele. Masturbar-me não é um vício secreto, não tenho vergonha. Meu vício secreto é gostar de ouvir. Deixar penetrar em meus ouvidos os gemidos... Por isso espero que as faxineiras estejam distraídas e ouço a TV num limite único, aquele em que não tenho a certeza se ouvem no apartamento ao lado ou no corredor do prédio. Nem baixo o suficiente nem alto o bastante. Essa é a minha verdadeira tentação, ser surpreendido pelo passante que ouviu um gemido... baixo e sussurrado, que não saberá se é meu ou do meu outro eu do outro lado da tela.

Eu aguardo que os meninos lindos se masturbem até o fim. Quanto mais novos, menos eles gemem. Apenas suspiram ao final enquanto gozam. Um suspiro que parece reprimido, sufocado, arfante. Quando eles realmente se tornam homens, desabafam o gozo com um urro. Um urro de fera, gemem meio que gritando. Aí eles já não interessam mais. Gosto desse ligeiro silêncio de quem comigo participa sem também me ouvir.

Isso me excita porque é verdadeiro. Ninguém me alcança. E, desta forma, eu não tenho que tentar alcançar alguém. É uma relação mais legítima do que as guerras conjugais. Gosto das coisas honestas e verdadeiras, por isso gosto do shopping Ibirapuera. Tem cara de shopping, jeito de shopping... Não tem fontes nem cinemas. Nem bares badalados, nem boates à noite. No shopping a gente compra, e lá tem lojas. É um lugar honesto e verdadeiro. Porque amo a honestidade e a verdade, eu o honro comprando. Satisfaço a nós dois. Assim como os garotos, essa é uma relação verdadeira e honesta. Nem sempre uso o que compro, porque o prazer não é apenas ter e usufruir, é como o gozo dos meninos, é suspiro, cumplicidade... Uma espécie de pequeno pecado assistido. Compro no limite do cartão, no limite do endividamento, da mesma forma que deixo no limite o volume da televisão. E os vendedores se perguntam quanto irei comprar, se eu não vou me endividar. Não sabem que administro como se tivesse um controle remoto nas mãos.

No caminho entre minha casa e o shopping, compro chocolate. Mas não é qualquer chocolate, é Lindor, da Lindt. Não é uma guloseima, é uma espécie de atentado violento ao pudor, e, porque é caro, poucos são os meus cúmplices. Às vezes eu os olho longamente na prateleira, como faço com os meninos na TV. Não quero que o momento fronteiriço, entre pegá-los ou não, acabe. Porque resistir e não resistir faz parte do meu desejo por eles... E já os deixei derreterem em minha língua enquanto os meninos lentamente se masturbam na TV.

Então, quando o dia canta seus primeiros sinais, eu me levanto da cama e vou para a academia. Puxo ferro, puxo pesado. E, em busca do maior desgaste, me preparo para ir para a esteira. Correr sempre é um pesado sacrifício que em poucos minutos vira um imenso prazer. Para incentivar o prazer e superar o sacrifício, como o chocolate. Assim, tenho culpa o bastante para o sacrifício e administro o prazer. Entre o ferro e a esteira, ou no ato de correr, observo os garotos, substância para a imaginação... Ao ir para a ducha no banheiro da academia, continuo fazendo o que de melhor faço, pratico isolamento. Tomo banho calmamente, não olho para ninguém, lá não é lugar para se olhar, não invado privacidades e não deixo que olhares furtivos passem a se demorar sobre o meu corpo. Entre a passagem da ducha quente para a fria, eu canto, como cantam as lavadeiras, distraídas na sua faina. E sei que ao fazer isso me exibo, não com meu canto, mas com meu corpo, que, absorto neste estágio, é muito mais interessante para os olhares.

Depois me enxugo lentamente, como se estivesse sentindo prazer no trabalho da toalha, caminho calmamente até os bancos do banheiro, sento-me sobre parte da toalha e, sempre escondendo de forma indireta o pênis, enxugo um pé e seco os dedos pacientemente, depois o outro pé e os outros dedos. Faço tudo não como um ritual, mas com uma graça coreografada que se repete igualmente todos os dias. A graça é se dar a olhar e ao mesmo tempo fugir ao olhar. Deixar que queiram ver mais e sempre negar. Não há tensão, apenas naturalidade estudada. Nestes momentos sou gêmeo dos meninos do canal de televisão, sou visto e não vejo, sou desejado e não desejo. A tensão não dá tesão, é a naturalidade do gesto, do corpo e do olhar que excitam... e me levam para casa.

Na sala de casa, estendo-me na chaise longue e coloco no canal 291. E aí, da mesma forma como fiz até aqui, não serei eu manipulando meu pênis e a situação, é o outro. Eu sou aquele que olha, que estuda e que, como cúmplice complacente, assiste-lhe fazer tudo o que faço. Ele é o cara que faz; eu, o que observa. Eu não posso falar dele na segunda pessoa, porque, se ele não sou eu, nem por isso sou menos ele. E só posso falar com tamanha intimidade dele porque o vejo. Mas sei que, mesmo estando comigo em todos estes momentos, ele não me vê. Conheço aquele de mim que faz os gestos... me deleito em observá-lo, mas eu mesmo não me conheço. O observador não se observa, ele só pode observar o outro. É por isso que não falo de mim, não posso falar de mim, mesmo que eu escreva tudo na primeira pessoa, falo dele, mas não posso falar dele senão do lugar onde estou e sou. Os gestos dele não são a expressão do meu desejo, eu queria que ele fosse outra coisa, mas, se o aceito como ele é, poderei assisti-lo.

UM FATO NOVO NO NATAL

AQUELE PARECIA MAIS UM DIA NORMAL como muitos foram durante tanto tempo. Levy ainda não sabia que um dado novo iria transformar um pouco mais o mundo. Logo de manhã se levantou lentamente, arrastou-se até o banheiro, tomou um banho. E pensava que isso era meio inútil. Vestiu-se rapidamente, deu uma última olhada para Suzete, ainda na cama. E deixou escapar um leve suspiro. Depois de pouco mais de vinte anos de casado, ainda amava profundamente a esposa. Mulher admirável. Sentia-se orgulhoso de si quando a via. Nada de bom fizera, mas tinha Suzete.

Caminhou célere até o ponto de ônibus e precisou correr para subir a tempo no veículo em movimento. Ficou em pé, mas ainda estava confortável. Dois pontos adiante, lotaria muito e chegaria, assim, quase sem ar no trabalho. Poucos quarteirões antes do seu ponto, já podia ver os caminhões fechados chegando com a carga para o frigorífico. Passaria dez horas do seu dia ali. Havia até se acostumado. Desceu do ônibus e, sempre correndo, entrou pela porta lateral para os funcionários. Desapareceu corredor adentro para o vestiário. Agora, ao menos o ar estava mais frio, por causa do grande ar-condicionado central. Começou a vestir-se afobadamente junto de outros retardatários.

— Calma, Levy! Não precisa de tanta pressa!

— E aí?! Bom dia, Joca! — cumprimentou o colega.

— Já ficou sabendo da última?

— Mano, acabei de chegar... — retrucou por força da evidência.

— Nesse Natal, eles abateram filhotes! — falou com certa excitação na voz.

— Filhotes?! — repetiu Levy incrédulo e espantado. — Mas e o acordo que não permitia abate antes dos vinte anos?

— O acordo está em vigor — explicou —, mas parece que é por pouco tempo. O governo permitiu que fizessem a experiência neste final de ano. Se der certo, poderão abater filhotes também. E adivinha?!

— Adivinha o quê?!

— Nós teremos direito a levar um pra casa! — disse isso como quem já estivesse salivando.

— Não sei, Joca! Isso parece estranho. Abater os mais velhos, tudo bem! Mas filhote não parece muito certo.

— Pode dizer o que quiser! Aposto que, no fim do dia, vai estar na fila pra pegar o seu! — disse o outro, encerrando a conversa com uma gostosa risada.

Foram para a linha de montagem, na verdade a esteira onde picavam e colocavam as carnes para processamento. Levy olhou tudo como se estivesse ali pela primeira vez, talvez fosse o fato novo que o despertara. Fazia sete anos que trabalhava no mesmo lugar e já havia francamente se acostumado. A rotina sempre igual, carne chegando, carne saindo. Ficara feliz por não trabalhar no abate. Não gostava de ver uma coisa que estava viva estar morta no momento seguinte. Era mais fácil encarar as carnes quando não viviam mais, e quando as cabeças já haviam sido cortadas. Diziam que o processo era indolor. Um tiro rápido na nuca e o bicho já caía na prancha da guilhotina. A lâmina descia e o corpo escorregava para frente pela prancha, caindo na esteira. O sangue jorrava por todo lado. O corpo em seguida era pendurado num gancho. E assim se fazia, um depois do outro.

O pessoal que trabalhava ali lembrava astronautas. Só dava para ver uma parte do rosto por trás da máscara de plástico transparente, o resto era um macacão branco, luvas e botas brancas. Brancos por alguns minutos, logo ficavam inteiramente recobertos de vermelho. O sangue escorria até longas cavidades feitas no chão para que dali fosse para outro setor. Enquanto isso, homens puxavam-no com grandes rodos. Uma verdadeira enxurrada. Ia escorrendo para a fabricação de morcelas e chouriços. Cairia em grandes tonéis onde seria processado.

Como Levy bem dissera para Suzete, anos antes, era difícil explicar o funcionamento de um frigorífico para quem nunca entrou em um. Lembrava-se ainda do choque quando viu tudo pela primeira vez. Ainda que os abates fossem feitos com o mínimo de dor possível, e as carcaças só depois disso enganchadas e levantadas pelos equipamentos, era impressionante ver aqueles corpos flutuando, indo de uma esteira para outra. Onde alguns operários cortavam e destrinchavam, separando as partes nobres e as outras não tão nobres. Enquanto o sangue escorria e funcionários vinham limpando.

Era doloroso ver o destino daquelas criaturas recentemente mortas. O sangue ainda estava quente, as carnes ainda estavam quentes. Quando chegavam em suas mãos, ele tinha de desmembrar. Ficava com uma parte não muito complicada, os membros baixos. Outros ficavam com partes mais difíceis, como remover os membros superiores, picá-los; outros abriam as carnes e delas retiravam as vísceras, que eram muito apreciadas. Estas eram colocadas em grandes caixotes de metal que seriam levados para outra esteira na qual trabalhavam com esse material. Levy não suportava a aparência das vísceras e nem o seu mau cheiro. Algumas tripas se furavam e fezes se misturavam com os bofes no caixote. Não tinha problema, pois tudo seria lavado e esterilizado várias vezes até o final do processamento.

Como confessara à esposa, só dois horrores eram piores do que o abate: o tonel no qual as cabeças eram jogadas, antes de seguirem para o descarne, feito por mulheres. Centenas de cabeças, lisas, sem pelos, com olhos arregalados, outros fechados e as bocas sempre abertas, algumas com a língua de fora, e tudo temperado por resquícios de sangue. Ficavam te olhando como se você fosse culpado pela vida e pela morte. Ele já assumira há muito tempo que era apenas um reles funcionário.

O outro local espantoso era onde os muito gordos eram jogados sem cabeça. O tacho de banha. Enchiam-no e depois jogavam um pouco de banha dentro, e ele começava a cozinhar e a derreter, a altíssimas temperaturas, o conjunto de corpos ali colocados. Enquanto isso uma pá eletrônica gigante ia revirando-os todos. Ao final a pá se elevava para fora, e o gradil de metal, que ficava no fundo, era puxado pelas cordas de aço lentamente, aí se viam apenas os ossos que haviam sobrado. Os ossos quase secos eram postos numa caçamba e levados para outra fábrica, na qual se faziam botões e outros utensílios. Tudo era aproveitado, e talvez por isso parecessem desculpáveis todas aquelas mortes diárias.

João Carlos, o Joca, aporrinhou-o o dia todo. Falava da filha que ia mal na escola, da sogra que não ia embora da sua casa. E, por fim, depois de um curto tempo de almoço e muito trabalho à tarde, quando seus pés não se aguentavam mais dentro das brancas botas de borracha, tocaram a sirene. Soava como um hino à liberdade, pois o dia seguinte seria véspera de Natal, e a jornada fora um pouco menor. Como bem previra o seu colega, ele foi para a fila com todos os outros para pegar o novo produto. Era uma sorte que os administradores do frigorífico tivessem sido tão generosos. Tudo estava muito caro, e ter garantida a ceia ou o almoço de Natal era motivo de alegria.

A fila andava um pouco lenta. Levy observava os amigos passando com um pacote embrulhado com um grosso papel oleado e, de forma muito retrô, amarrado em barbante, com direito a lacinho. Foi chegando a sua vez, e logo ouviu o "Feliz Natal" desejado pelas moças que entregavam a carne. Pegou seu pacote, que parecia ter pouco mais de um quilo e meio, e voltou-se para a moça um pouco vesga que o atendia:

— Não tem um bem maior? A família é grande — explicou.

Ela pegou de volta, gastou um tempo procurando e entregou outro, dizendo:

— Aqui está! — E recomendou: — Não se acostume, não! Pare de fazer bebê que a família encolhe!

Trocou um sorriso simpático com ela. E não queria admitir, mas estava feliz com o pacotão. Mais de três quilos. Alguns colegas tiravam sarro comentando que havia "proteção" para alguns, "por que só ele levava o maior?!". Não passava de galhofa de bons companheiros. Era bem melhor do que a música que tiveram de ouvir o dia inteiro por causa da época. Alguém devia estar mesmo no espírito retrô, pois ouviram Luís Bordon e sua Harpa Paraguaia. Um clássico. Provavelmente na tarde de Natal iriam reprisar o filme *Esqueceram de Mim* pela milésima vez. Tinha impressão de que seu avô havia assistido quando criança.

Voltou rapidamente para casa, pois o Tadeu Miranda, subgerente na sua seção, lhe deu uma carona. Não quis comentar para não ofender, mas ele dirigia muito mal. Por vezes achou que nem chegaria em casa. E já mandara umas mensagens divertidas para a esposa se despedindo da vida. O único assunto do Tadeu:

— Como você vai preparar? — falou, apontando para o pacote.

— Cara, não faço a menor ideia! Vou entregar nas mãos da Suzete. Só vou olhar na hora da ceia.

— Você não gosta de cozinhar, não?! Pensei que ia fazer um churrasco ou até mesmo grelhado. E iria me chamar para tomar umas brejas! — foi se convidando.

— Até convidaria. E a Creuza com as crianças?!

— Foram para a casa dos pais dela ontem! Vou ficar sozinho, é muito longe para ir e voltar em um dia ou dois — respondeu tentando não parecer chateado.

Levy prontamente o acolheu:

— Vou ver com a Suzi se ela fará ceia ou almoço. Aí te aviso e você vem ficar com a gente, combinado?!

Tadeu sorriu, com os olhos ligeiramente úmidos, e agradeceu pondo a mão no seu joelho:

— Pô, você foi um amigão agora!

Mais alguns quase acidentes e Levy saltou e ouviu a buzina amistosa do amigo se despedindo.

Já havia escurecido. Atravessou o pequeno portão antigo da casa ainda mais antiga. A pintura amarela de cal estava descorada há muito tempo. Das venezianas de madeira, um pouco apodrecidas, escapava a luz que vinha de dentro. Era o seu lar. Pobre, simples, herdado dos pais, que herdaram dos avós, mas seu lar. E lá ele tinha uma família feliz. Sentia-se um homem de muita sorte. Aquelas paredes abrigavam a pequena Madá, com três aninhos; o Gaspar, com oito, que já ia para a escola e tinha saído mais a ele, pois era um pouco alourado. E Susana, a filha mais velha, contando dezoito anos, "linda não assumida", como a chamava, pois se achava feia. Paulo, namoradinho dela, um pouco moralista para um jovem, provavelmente viria para o Natal. Mas Levy preferia que não. Ficar só em família era o melhor. E, no fundo, esperava que o Tadeu tivesse o bom senso de não vir.

E, porque Deus os abençoara fartamente, sua avó, a Dona Chica, magrelinha de cabelos pixainhos e branquinhos, sempre presos num coque, vivia com eles. Noventa e seis anos e as mãos trêmulas ainda faziam tricô para a família. Falava pouco, parecia que com a perda da mobilidade das pernas a língua também se fora. Entretanto, ela e Suzete eram os pilares do seu lar. Às vezes sentava-se no chão para que a avó fizesse cafuné em seus cabelos.

Entrou, e Suzete já lhe vinha ao encontro. Vestido xadrez recoberto por um avental molhado. Estava na pia às voltas com o jantar. As crianças, como sempre, brigando para ver quem ia tomar banho. Dona Chica mal sorriu de onde estava sentada, via a novela reprisada e estava azulada com a luz que vinha da TV, parecendo um ser mágico.

— O que é isso? — perguntou Suzete, já pegando o pacote. — Está pesado! — Foi logo abrindo um sorriso pensando no Natal.

— Um filhote! Na verdade um filhotão! — esclareceu cheio de satisfação.

— Um filhote?! — repetiu boquiaberta Suzi.

— Sim! O que é que tem?

— Pensei que não abatessem filhotes...

— Agora abatem! — respondeu com um sorriso um pouco malicioso e um leve movimento das sobrancelhas. Era o que fazia quando desejava encerrar a conversa. Ela retribuiu o sorriso e foi logo emendando.

— Deixa comigo! Já tenho uma ideia de como preparar!

— Sabia que você iria saber o que fazer. — E Levy, curioso, acrescentou. — O que fará?!

Apenas para ouvir, desapontado:

— Surpresa.

Sentou-se próximo de Dona Chica e, enquanto arrancava os sapatos, Gaspar, que vencera a disputa para não tomar banho, veio lhe dar um beijo tímido. Pegou-o no colo e lhe fez cócegas, enquanto dizia:

— Olha como é fácil ser feliz!

Até o menino pedir para parar, pois perdia o fôlego. E veio a pergunta de supetão:

— Pai, que filhote é esse?

Um pouco constrangido, Levy tentou responder sem responder, mas sabia que deveria fazê-lo da melhor forma:

— Ora! Um filhote! Um filhote que nem você!

— Igualzinho eu?! — repetiu com certo estranhamento.

— Não, meu filho. Na verdade bem mais novo. Deve ser um recém-nascido!

— Um bebê?! A gente vai comer um bebê? — perguntou incrédulo, também se sentindo um pouco em perigo.

Levy deu uma gostosa gargalhada. Isso tinha o efeito de tranquilizar todo mundo, inclusive o Gasparzinho:

— Não, meu filho, somente nós temos bebês! Você foi bebê. O que vamos comer é um filhote!

— Ah, que bom! Pensei que eu iria ser comida como os outros.

— Não, meu filho, você não será comida! — explicou Levy de forma firme e convicta.

Como criança nunca deixa a pergunta morrer, ele continuou:

— Mas, pai, os humanoides são tão parecidos com a gente. Já vi na TV e na internet. E se nos confundirem e se nos levarem para o frigorífico e se comerem a gente por engano?!

Com um rosto cheio de compreensão, ele explicou:

— Eu também tinha esses medos quando pequeno. Mas vou lhe explicar o que meu pai me explicou: eles são comida e nós não.

— E por que não? — insistia o menino.

— Ah, meu filho, eles foram criados desde cedo para ser comida. Foram alimentados, limpos, raspados, tiveram uma vida boa até ultrapassarem os vinte anos. Depois eles são abatidos sem dor. E nós os comemos.

— Ah! — disse Gaspar, sentindo-se inteligente. — Quem é comida nasceu para ser comida.

— Sim, meu filho, isso faz toda diferença.

— E por que nós comemos eles? — O pequeno não queria desistir. Levy estava quase perdendo a paciência.

— Bem, nós comíamos animais, mas descobrimos que eram inteligentes e sensíveis. Não seria justo comê-los, seria?! — Gaspar respondeu um não com a cabeça, concordando. — Então, meu filho, há muitos e muitos anos, ficou assim combinado: uns comem e outros são comidos.

— Ainda bem que nasci aqui, né?! — afirmou o garoto, compreendendo o incompreensível. E a última pergunta. — Por que não paramos de comê-los?!

— Ué, Gaspar, são gostosos! E me parece correto, se as pessoas desejam carne, que seja a delas, não é mesmo?!

Enfim, para a sorte de Levy, o banheiro ficou desocupado. Dona Chica olhou para o neto com certo ar de reprovação. Do alto da sua idade, ela conhecera um mundo diferente. E parecia não achar as coisas tão simples. Às vezes se recusava a comer carne, mas não sempre. Pegou a mão da velha senhora e estreitou-a longamente entre as suas. Enquanto isso, dava para ouvir da cozinha Suzete pendurada ao telefone, trocando receitas com a Verônica:

— Ah, eu já sei o que vou fazer. Já estou até preparando, precisa ficar pelo menos um dia marinando para pegar bem o sabor do tempero... ah... quer a receita?! Anota aí: uma cabeça de alho, sem amassar os dentes, meia garrafa de vinho tinto, para dar um pouco de cor, duas colheres de sopa de sal, uma de pimenta-do-reino, só uma colher de aceto balsâmico, umas quatro folhas de louro, cebola ralada... pensando melhor, cebola não, cebola amolece a carne, e deve ser muito molinha já.... Coentro? Não, não gosto não, mas deve ficar bom. Menina, tive uma ideia maravilhosa, vou usar fios de ovos, mas vou escurecer eles com shoyu. Hummm, vai ficar muito bom. Ah, primeiro você dá uma boa assada em fogo brando, enrole no papel-alumínio, mas por pouco tempo, no máximo uns quarenta minutos. E no fogo baixo pra não queimar e depois...

Ele se divertia ouvindo-a, mesmo que ela tenha ido para o quintal, quando percebeu que era escutada. Suzete era uma grande cozinheira, sempre pensando em pequenas surpresas e prazeres para a família. E gostava de vê-los todos com aquele ar de: Que maravilha! Que delícia! O Natal era o melhor dia do ano.

O dia seguinte passou rápido. A curta jornada de trabalho levou todo mundo para casa mais cedo. Sabendo disso, Suzete resolveu deixar os comes e bebes para o almoço no Natal e, em vez de fazer a ceia, todos se enfiaram no carro do Tadeu, que havia se convidado. E foram bem apertados e desconfortáveis assistir à Missa do Galo. Suzete, enfiada num justo vestido carmim, ia meio sentada no colo de Levy, meio para fora do banco, prensada à porta do carro; enquanto Tadeu tinha de trocar as marchas roçando a mão pela perna de Levy. Dona Chica, abraçada com o bisneto no banco de trás, estava feliz. Suzana fora em outro carro com Paulo. E a pequena Madalena ficou na casa da vizinha até que voltassem. Não gostavam de levar crianças muito novas para lugares públicos. Como diziam, lugar de criança não é o lugar de adultos. Gaspar já era crescido o suficiente para ficar quieto, nem que fosse com um beliscão.

Chegados ao local, Levy e Suzete saíram do carro rapidamente. Enquanto ele abria o porta-malas para pegar a cadeira de rodas, ela retirou o Gaspar do banco para facilitar colocar a velha senhora na cadeira. Tadeu desceu, estranhamente lerdo, meio protegido do outro lado do veículo, como se escondesse alguma coisa. Deu uma ajeitada nas calças, pigarreou, e foi se achegando para ajudar. De forma um pouco atrapalhada Dona Chica se viu posta na cadeira. E, por sorte, eram dois homens, pois precisaram levantá-la para subirem as escadas.

— Vamos, gente! — apressou-os Suzete. — Estamos atrasados!

— Mãe! Eu quero fazer xixi! — pediu o menino.

— Agora?! — reclamou. — Vá atrás daquela árvore ali e faz! Na Igreja não tem banheiro! — mandou, agilizando as coisas.

— Não vou, não, mãe! Eu tenho vergonha! — disse timidamente Gaspar.

— Que vergonha, o quê?! Menino homem não tem vergonha dessas coisas! — ralhou Suzete. E completou: — Vai logo, e encontra a gente lá dentro!

A igreja estava completamente lotada. As pessoas adensavam-se para fora das portas. Um cheiro bom de incenso pairava pelo ar morno do ambiente abafado. Ouviam com boa vontade as palavras do padre e todo o ritual, em pé. Apenas Dona Chica estava sentada. Levy, ladeado por Tadeu e Suzete, segurava diante de si o pequeno, para que não fugisse correndo pela igreja. Paulo e Suzana demoraram a chegar, e não passou despercebido que ela havia mudado um pouco o penteado neste meio-tempo. A voz italianada do padre ecoava pelo recinto, tinha um timbre grave, mas estridente no final das frases. Oraram um Pai-Nosso coletivo de mãos dadas. E, no momento em que se deseja "a paz de Cristo", fraternalmente abraçaram-se todos. Sentiam-se verdadeiramente acolhedores e cristãos. Dona Chica discretamente enfiou o dedo no céu da boca para descolar a hóstia que o padre pusera-lhe na língua. Detestava aquele gosto de farinha.

De repente a Igreja ficou toda escura. E, num murmúrio crescente, o coro começou a cantar "Noite Feliz". Centenas de vozes o acompanharam. Celulares prontamente iluminados foram balançados ao ritmo da canção. Paulo, magro e de meia altura, parecendo um branco cadáver sem expressão, ficou um pouco distante dos outros. Não queria que achassem que era da família. Suzete, Suzana e Dona Chica não conseguiram segurar a emoção. Podiam sentir a presença de Deus. E Gaspar perguntando e perguntando: "Por que Missa do Galo? O que tem o Galo? Comeram ele?". Dessa vez a mãe disse desconversando:

— Logo, logo, você fará o catecismo e saberá de tudo!

— Mãe, o que é catecismo?

Voltaram, contritos e aliviados dos seus pequenos pecados, para casa. Comentando como era bom para a alma estarem todos ali, juntos. Buscando fazer o que haviam aprendido, amar o próximo como a si mesmo e ter compaixão. E a prova disso é que Tadeu estava ali. João Carlos já havia telefonado, viria com a esposa para o almoço no dia seguinte. Resolveram deixar o quitute deles para o Ano Novo, para o qual convidaram a família toda. Aos poucos a família ia crescendo. Paulo iria trazer Lucas, seu irmão mais novo, que o seguia por todo lado e tinha mania de achar que era escritor. E, por fim, o velho cunhado de Levy, o solteirão Marcos, também avisara que viria e diria sua costumeira frase de entrada apontando para si mesmo: "Eis o homem!". Se a comida é boa, o público é grande, já afirmava Dona Chica.

— Môr! — disse Suzete. — Por favor, antes de dormir arrume três pedaços de arame bem grosso, de uns cinquenta centímetros cada, ok?!

Ele assentiu e não perguntou para o que era, pois já sabia a resposta: surpresa. Entretanto, arame é para armar, montar alguma coisa. Isso ele já sabia. Depois de uma noite de aconchego e paz, encerrando-se com os festivos fogos dos vizinhos e as suas impróprias bebedeiras, a noite desceu sobre cada um num sono profundo. O dia seguinte esperava aflito para chegar. Entretanto, nem tão aflito. Esqueceram-se da pequena Madá. Levy foi buscá-la às pressas e tomou-a nos braços enquanto esta dormia.

— Papai Noel? — perguntou grogue, acordando.

— Não — respondeu Levy —, apenas papai!

Nestes dias de festas, alguns acordam cedo enquanto outros ficam dormindo. A casa estava mergulhada em perfumes e aromas de comida. Marta e Joca haviam chegado de manhãzinha e ajudavam nos preparativos. Sidras eram colocadas às pressas no freezer para estarem geladas para o almoço. Não tinha taça para todo mundo, então os copos de massa de tomate começaram a surgir daqui e de acolá. Dona Chica acompanhava mais uma missa matinal na TV. Suzana acordou ao telefone, mandando Paulo e Lucas se apressarem. Era um burburinho só. Levy se levantou e descobriu que não havia mais café, logo de manhã. Fingiu que não se importava, praguejando entredentes. Um monte de gente invadindo seu sossego. De repente um forte cheiro de óleo invadiu a casa toda, e se escutavam gritinhos ansiosos de Suzete enquanto batia palmas de satisfação. A tal surpresa estava a caminho.

— Oi, gente! Eu trouxe a sobremesa: torta de limão! — anunciou Marcos, espalhafatoso em sua chegada.

— Torta da padaria, né, tio?! — comentou Suzana.

— Mas é de limão, ué! — respondeu sem perder a classe, e de bom espírito foi mandando: — Bota na geladeira, sobrinha desalmada, ao invés de aporrinhar o titio!

Todo mundo foi se encolhendo na sala conforme chegavam ou acordavam e se aprontavam. A cozinha estava proibida. Marta distribuía as cervejinhas, e às vezes ia até a porta fumar um cigarro. Os adolescentes ficaram disputando que música iriam colocar para tocar, e as crianças fazendo o seu peculiar inferno. Marcos e Tadeu grudaram na conversa, enquanto Levy cutucava Joca apontando-os e perguntando o que tanto conversavam. Suzana sentara-se calada ao lado de

Paulo e Lucas, que cruzavam as pernas como dois eunucos. Os olhos de Lucas corriam por todo canto, como se fosse um inesgotável poço de curiosidade; seu irmão encarnava um Moisés de mármore, cheio de verdades que não desejava dividir com ninguém. A pequena Madá ganhara um pedacinho de qualquer coisa para ficar mastigando para não chorar.

Enfim, Suzete surgiu na sala, retirando o avental. E, deixando à mostra seu surrado vestido xadrez, anunciou triunfante:

— Pronto! Vamos almoçar!

Ao ouvir isso, todos se estreitaram pela porta, um querendo chegar antes do outro. Levy ficou para trás junto de Suzi e riram dos gulosos que mal haviam se cumprimentado, entreolharam-se, deram um terno beijo e se desejaram:

— Feliz Natal!

Caminharam enlaçados para a cozinha, e todos estavam estatelados em torno da mesa: risotos, salpicão, macarronada, sidras geladas...

Levy parou, não sabia o que dizer, Suzete olhou-o pressurosa buscando aprovação. Era maravilhoso. Ela se superara mil vezes. No centro da mesa havia uma criança, a pele toda tostada, feita à pururuca, cabelinhos marrons, olhinhos de uva verde, bracinhos e pernas abertos. Deitada numa manjedoura sobre salsinhas e muitos aspargos, nua, parecendo torradinha e crocante. E, por trás da cabecinha, uma auréola de papel-alumínio...

— Meu Deus! — exclamou Levy, e não se sabe exatamente o porquê do espanto.

Dona Chica olhava com uma cara de desaprovação. Gaspar foi logo concluindo:

— Um menino Jesus de comer!

E Suzete, não aguentando mais, revelou:

— E está todinho recheado de farofa, daquela bem molhadinha, feita com os miúdos do bebê!

Entre aplausos, vivas e "nossas" extasiados, a aprovação foi geral. Rapidamente, cercaram a mesa. Madalena ficou no chão com uma mãozinha para roer. Mas, antes que ela fosse atendida, pediram para Dona Chica escolher e pegar um pedaço. Empurraram sua cadeira o mais próximo possível da mesa. Ela olhou, olhou, e, de repente, decidiu. Estendeu a mão e arrancou o pintinho torrado do menino, dando uma risadinha tímida e safada. Levou-o a boca, todos escutaram o *cronch cronch* e ela, lambendo os dedos, deixou escapar:

— Hummmm...

E os aplausos e vivas ao Natal não se fizeram esperar mais. As sidras espocaram cheias de pressão.

Levy fizera um prato para si e escolhera um pedacinho da coxa. Com água na boca foi comendo. E se perguntava, lembrando do que lhe disseram, se isso seria o gostinho de um leitão com gordurinhas. Só faltava um limãozinho. Foi pensar e o limão apareceu. Suzete o conhecia muito bem.

— No réveillon a festa é lá em casa! — reafirmou Marta para o casal, enquanto equilibrava um prato cheio. — Só não sei como irei te superar!

— Bobagem! — respondeu Suzete, sorrindo cheia de falsa modéstia, e não resistiu. — Faz assado com batatas, cortado em pedaços! Muito mais prático para servir!

Levy se afastou das duas enquanto trocavam receitas e impressões, e da sala olhava com carinho para sua grande família, e mesmo de boca cheia, repleto de gratidão, murmurou:

— Feliz Natal! Glória a Deus nas alturas e paz na Terra aos homens por ele amados.

RESPOSTAS

ELE ENTROU EM MEU QUARTO, me acordando. Não sei se me incomodaria ser acordado, apenas fui. Era madrugada. A penumbra, líquida como os desejos, derramava-se pela porta aberta e a escuridão aos poucos se encolhia tímida a um canto do quarto.

Alejandro encostou-se ao guarda-roupas, um pouco como fazem os michês nos muros da cidade, a luz caía-lhe perpendicular, distorcendo um tanto seus traços.

— Posso falar contigo? Desculpa te acordar!

A voz era nervosa. Olhei para o rapaz, moreno, branco, muito branco, sempre com olheiras; uma propaganda de roupas pretas da Fórum, era com isso que ele se parecia. O corpo esguio esticava-se pelo guarda-roupa, a indefectível camiseta branca escondia uma parte da cueca. Sim, ele era como uma propaganda. Até mesmo seus gestos pareciam saídos de uma capa de revista, a luz que lhe caía apenas por um lado do corpo confirmava sua maneira fotográfica de ser.

— Oi...?! Alejandro?! — respondi meio dormindo, meio acordado. — Pode, claro que pode...

Minha voz sonolenta escondia muito bem meu descaso e minha real falta de preocupação pelo que estivesse acontecendo. Naquela época éramos três na casa. Três viados. Alejandro, Nando e eu. O Alejandro dava-se muito mais com o Nando, de maneira que eu não pude atinar de imediato por que justamente eu tinha sido escolhido para ser acordado. Uma forma a mais de me aborrecer? Não, possivelmente não...

— Sabe o que é? Estou mal. Tentei ficar com um cara e não consegui!

Homens, então era isso. Antes mesmo que eu pudesse suspirar, continuou:

— Droga! Nunca dá certo! — Tinha um acento de desespero na voz, não daqueles que matam, mas daqueles impotentes. — Eu queria fazer sexo por sexo; e não consigo! Olha pra mim! — Tocou-se. — Eu sou normal?! Me diz? Me diz? Todo mundo consegue! Todo mundo faz! Eu não! — Suas últimas palavras foram categóricas.

De imediato eu me recusava a acreditar que havia sido acordado por causa disso. Naquele instante me pareceu tão inócuo, tão sem importância. Senti-me pai de um adolescente, não que eu mesmo não fosse um — à minha maneira. Mas explodir, eu?! Jamais! Eu era espírita e, mesmo que a ideia de ser acordado não me parecesse boa e o motivo disso pior, eu ouviria tudo. Ali não estava um ser humano, e sim um espírito reencarnado passando por provas e expiações, a quem eu deveria ajudar por minha vez.

— Alê, não é todo mundo que consegue; eu, por exemplo, tenho a maior dificuldade... Consigo, mas nem sempre o dia seguinte é legal...

— Mas consegue! — interrompeu-me — Você sabe o que me aconteceu agora?

Senti que ele não queria ser consolado. Neste caso precisava ser ouvido, amaldiçoei a minha formação cristã, evoquei Freud e preparei minha melhor cara de atenção.

— Não... — Nem deu tempo de terminar a frase.

— Saí com um cara, acho que cê sabe quem é. Ele é gostosinho, meio gordinho, tá sempre lá na boate, loiro, cabelos curtos, olhos claros...

— Sei...

— O André, pois é, você sabia que ele faz michê?

Olhei com espanto.

— Eu também não, ele me contou enquanto conversávamos no bar. Mas o caso não é esse — retomou —, trouxe ele para cá. A gente tava lá num puta esfrega. Tiramos a roupa, aí percebi que ele era mais gordo do que a roupa deixava transparecer; me vi diante daquela grande bunda branca... Não, não dava para brochar... e eu não brochei, quando pensei que ia colocar pra dentro, depois de ter amaciado com KY...

— Que aconteceu? — perguntei já me interessando pelos detalhes picantes.

— Não aconteceu! Senti o cu dar uma piscada... duas piscadas... as tripas roncaram... Só parei de correr em cima do vaso; caguei a noite inteira!

Mal pude disfarçar o riso que brotou naturalmente.

— E o cara?! — perguntei, achando que possivelmente teria ido embora.

— O André ficou em pé na porta do banheiro, me olhando cagar... Pode, Wolv?! Pode?

Wolv era meu apelido carinhoso, vinha do X-Men Wolverine. Grosso, animal e peludo. Acho que fiz por merecer o apelido; mais tarde, para me irritar, chamavam-me Lupina (X-Men nova geração), a mulher lobo. Confesso, preferia "Wolv".

A cena era verdadeiramente surreal. Fiquei desenhando-a em minha mente. Alejandro, pálido, sempre enfeitado de suas olheiras e olhos desmesuradamente grandes, encabulado... na pose do Pensador de Rodin, sobre uma base de porcelana azul. As florzinhas amarelas dos azulejos rindo em coro. André, nu, lambuzado de KY, escorava o corpo no batente da porta, olhando com expectativa para o moço triste. Vira a sua noite virar merda, literalmente. Para disfarçar, ele falava do último lançamento dos Pet Shop Boys e em pouco tempo estava completamente descontraído. O Alejandro, não! Seus olhos encontravam-se bastante dilatados, como acontecia sempre quando estava muito alterado. Sentia o cheiro de merda subindo e a seu moral baixando. Tentava dissimular e encarar tudo como normal, mas não era. Quase à sua frente, um nicho escuro na parede, o box do chuveiro, ia engolindo o seu olhar. Percebia-se desaparecer aos poucos naquele espaço vazio e escuro; como se nada mais pudesse absorver sua atenção.

Voltaram para a cama e tentaram novamente, mais uma vez sem resultado: nova caganeira. Três corridas ao banheiro depois, eles já haviam desistido de qualquer coisa, inclusive da conversa. André se vestia no quarto e Alê mergulhava em meditações.

— E ele foi embora — continuava Alejandro, tirando-me de meus desenhos —, com cara de bunda! — desabafou. — Com aquela cara de grande bunda branca! Droga!

— E você...

— E você o quê?

— Como você ficou quando ele foi embora?

— Ele foi até a porta sozinho e eu, pelado, de bunda meio suja, só pude ir um tanto mais atrás, constrangido... Ele quis parecer legal, falou que era para eu não "ligar", "isso acontece"; posso até ouvir aquela voz macia de quem finge que perdoa...

— Alê — retruquei —, ele foi legal contigo!

— Não, não foi. O desgraçado, enquanto ficou só no meu quarto, roubou metade dos meus passes de ônibus!

Não pude conter o riso.

— Não é que eu me incomode — continuou —, mas, se não tinha dinheiro para o ônibus, custava ter pedido?!

Não era uma pergunta e também não precisava de resposta.

— Você consegue me explicar? Toda vez que eu quero fazer sexo sem sentimento envolvido, alguma coisa acontece.

Às vezes eu gostaria de poder interromper o sono de alguém no meio da noite em busca de respostas para minhas perguntas, tão minhas que seria um assombro se alguém realmente pudesse respondê-las.

— Alê, a gente não precisa fazer sexo por sexo... — tentei acalmá-lo, em vão.

— Mas eu quero! Não sei se você me entende! Todo homem trepa por trepar! Faz parte da nossa educação! Tem cara que trepa até com "buraco de fechadura"... Eu queria separar sentimento de prazer, e poder juntar os dois quando fosse o caso. Um monte de cara por aí consegue!

— Ou diz que consegue... — acrescentei em tom professoral.

— O fato de eu ser viado não pode mudar a minha cultura — afirmou. — As coisas para as quais fui criado. Sacanagem, cigarro e sexo barato... Eu quero, sinto necessidade disso... é como se eu não pudesse chegar na fase adulta se não fizer isso!

Deus! Ele não poderia parar de falar, talvez mesmo se quisesse. Agora eu também já me livrara da minha rabugice e o escutava com atenção e cumplicidade. Alejandro, enquanto falava, caminhava nervoso pelo quarto, meio gigante para mim, a sua sombra passeava pela parede e seus gestos, ampliados pela luz, desenhavam na tinta uma dançarina balinesa; e aqueles grandes olhos escuros, dilatados, chegavam a ser ameaçadores... Como se fosse me bater caso não tivesse as respostas. Falou, falou e falou. Discursou sobre todas as ricas possibilidades humanas, sobre como não era diferente porque era homossexual etc., etc., etc.

Bem, eu não tinha as respostas.

Enquanto isso Nando gemia e ria, no quarto ao lado, com Joca enfiado em meio às suas pernas; se ele não fosse tão parecido com o Odie, aquele cachorro do Gato Garfield, poderíamos pensar que sentia certo prazer em esfregar o seu caso fixo em nossa cara, mas ele só aproveitava. Era de câncer... qualquer coisa o "emocionava", o Joca era de gêmeos; o Nando dizia que quem ia para a cama com um geminiano ia com cem homens diferentes ao mesmo tempo... e nós escutávamos os cem mais um, ele. Para a nossa tortura, quase derrubavam o quarto. Não diziam nada, apenas gemiam e gemiam. Meu Deus, como gemiam!

No dia seguinte acordávamos os três com olheiras, o Alejandro já tinha as dele, eu adquirira as minhas, e o Nando... bem, o Nando era feliz.

CARA DE ANJO

ERA NOITE, *SILENT NIGHT,* e ela estava escura e fria. Um vento gelado batia pelas faces dos transeuntes. Garoava. A chuva fina molhava o asfalto, que, brilhante e negro, refletia como um espelho as luzes dos enfeites de Natal. Brilhavam os vermelhos e verdes de semáforos, faróis amarelos dos carros, luzes azuis das lampadinhas, brilhos encantadores e sombrios. As pessoas caminhavam agitadas e com pressa pela estranhamente iluminada e escura avenida de São Paulo, a mais conhecida, a mais querida. Uns escondiam-se sob guarda-chuvas, outros enfrentavam a triste garoa desabridamente. Algumas pessoas paravam diante dos enfeites natalinos para tirarem fotografias entre risos alegres e banais. A garoa não importava tanto, ela apenas emprestava mais reflexos, mais luz e um ar triste e melancólico àquela noite.

Em contraste, as ruas paralelas pareciam ficar ainda mais escuras. E, se parecia seguro passear pela grande avenida, caminhava-se um pouco mais apressadamente por estas vias.

Nelas, um vulto sempre parecia brotar do nada, das trevas, e nestes momentos era como se elas pudessem ligeiramente alcançar a todos.

    Deslizando pela rua escura, Carlos, o careca, como o chamavam os amigos, caminhava seguro. Pernas curtas, joelhos defletidos em passos alongados e abertos, o peito à frente, as mãos enfiadas nos bolsos da jaqueta de couro, gasta e puída. Calças jeans cobertas de rasgos e rotas. Coturnos surrados pareciam cadenciar sua caminhada. Os olhos pequenos enfiados num crânio forte e bem desenhado, no qual se destacavam a testa e o nariz, observavam os mais leves movimentos que ocorriam na rua. Carros passavam céleres, buzinas para os que retardavam o trânsito. Casais de namorados caminhavam abraçadinhos, uns correndo da garoa, outros esquecendo-se dela. Viam-se homens maduros passando sem pressa, senhoras olhando assustadas para todos os lados, caminhando lerdas, se bem que apressadas. Era véspera de Natal. Na rua, os que passavam. Na rua, os solitários. Na rua, a insuportável melancolia do dia feliz que se aproximava.

    Carlos estava angustiado e, por alguma razão qualquer, cheio de raiva, cheio de fúria. Os seus passos eram pesados e seus olhos pareciam estar em busca de algo ou alguém. Ele era apenas emoção, não conseguia refletir bem sobre o porquê de tanta angústia e raiva, que a cada passo parecia se transformar num ódio que precisava ser colocado para fora. Perdido em seus pensamentos, quase esbarrou com um rapaz que caminhava em sua direção. O rapaz titubeou, inseguro sobre que direção tomar, Carlos fez o mesmo, um sorriso brotou simpático no jovem que estava à sua frente. Carlos olhou-o, ali estava uma figura esguia e magra, roupa escura de inverno, cachecol no pescoço, rosto bonito, traços finos e cheios de luz, cabelos encaracolados e quase loiros, delicado... Reconheceu o que procurava, olhou-o de forma dura e fria, o outro, desconcertado, pensou enfim em se desviar. Tudo ocorreu num átimo de segundo.

Carlos puxou-o pelo braço e não deixou que desviasse nem partisse. Desferiu-lhe um soco certeiro na cabeça, e outro, e outro, enquanto o mantinha firmemente seguro. O jovem tentava se desvencilhar da mão que o prendia como se fosse um tentáculo de ferro, lutou e conseguiu. Correu.

Carlos o perseguiu. Voava atrás do outro pela rua escura. O rapaz gritou por socorro. O infeliz adentrou a avenida Paulista, procurando segurança, mas aquele trecho estava estranhamente vazio. Ouvindo os gritos, Carlos, num último esforço, conseguiu alcançá-lo. Puxou-o pelas costas com violência jogando-o no chão. Não esperou reação. Começou a chutá-lo. Estava cheio de ódio, mas seu esforço não era sem direção. Chutava o rapazote nos rins, desejava esmagá-los. Abaixou-se um pouco e socou-o no rosto até calar os seus gritos e gemidos de dor. Quando quase o havia desacordado, levantou-se e chutou-o na cabeça várias vezes, com toda força que possuía. Carlos nem sentia seu corpo, ele todo era uma energia viva que se manifestava. O rapaz inerte parecia não mais reagir.

Então, como se estivesse furioso com seu brinquedo que não mais desejava participar da diversão, Carlos pisou várias vezes fortemente aquele rosto que fora bonito, até que ele não fosse mais do que uma massa de sangue e carne pegajosos. Sua fúria cega era tanta que nem viu as pessoas se aproximarem estarrecidas e chocadas com a brutalidade. Mesmo assim, ninguém se atreveu a tocá-lo, pois ele não parecia humano. Apenas começaram a gritar "Socorro, polícia!".

Esse som Carlos entendeu e atendeu. Começou sua fuga pelas ruas paralelas da avenida. Alguns, que antes não foram nada heroicos, o perseguiram, mas despistou-os. Corria mais do que o vento. O coração parecia que ia sair pela boca, quase rompia o peito. As mãos formigavam, o rosto formigava. Uma estranha felicidade, medo e alívio o invadiram. Era como se pudesse tudo. Mas precisava continuar fugindo. Correu muito, correu ziguezagueando pelos quarteirões. Viu uma poça d'água na sarjeta e pulou nela várias vezes, se molhava com a água limpa que ali se acumulara, esfregava os coturnos pelo chão, para limpar o sangue que neles ficara grudado.

Ouviu de longe uma voz dizendo "Ele foi por ali", era o sinal para continuar sua fuga. Agora ele precisava sumir, correu então para a avenida Paulista. Poucos metros antes de chegar, encurtou os passos e começou a andar, como se simplesmente estivesse passeando. Instintivamente olhou as mãos para verificar se nelas não sobrara vestígio. Não, estavam limpas. O coração estava ainda acelerado, mas a fuga e a chance de ser pego faziam parte deste ritual que o aliviava. Agora, buscava confundir-se entre as pessoas que por ali transitavam, caminhava calmo, com passos medidos. Tentava colocar no rosto um leve sorriso, como se pudesse participar da alegria daquela noite. Parou entre as pessoas que se fotografavam em frente aos arranjos natalinos. Chegou até mesmo a tirar uma foto de um grupo que lhe pedira a gentileza, "claro, pois não", parecia um homem doce e educado.

Viu os carros da polícia passarem na direção oposta. Sirenes ligadas, as luzes vermelhas brilhando no asfalto, o carro de socorro seguindo de perto. Carlos esboçou um sorriso cínico, mas ele não era tolo, não poderia se arriscar mais. Continuou sua caminhada pela avenida, agora um pouco mais rápido, poderia ser descoberto. Por alguma razão as pessoas pareciam olhá-lo. Era como se todas soubessem; aos poucos o medo ia dominando-o. Subitamente se deparou com uma igreja. Imensa, arquitetura clássica, parecendo de pedra. Do grande portal vinha uma luz bruxuleante e terna, amarela e convidativa, a luz dourada contrastava com as trevas de fora. Ele relutou por um instante, pessoas paradas à porta, a igreja estava lotada. Achou estranho. Missa a esta hora? Quase meia-noite... Caminhou lentamente em direção à entrada. Subiu desajeitado degrau por degrau, como se um grande peso enfim o abatesse, olhava para as costas dos que estavam à porta e, mesmo que eles não o vissem, se sentiu um pouco constrangido. Ouvia sem ouvir as palavras do padre. Foi entrando. Com gestos curtos e educados, abriu caminho e foi se aproximando dos bancos. Segurança e proteção.

A igreja estava lotada, decidiu ficar em pé, cercado de pessoas contritas. Não ouviu mais a voz do padre, apenas um murmúrio de vozes, aquele burburinho comum da multidão quando aguarda um acontecimento. Ficou apreensivo. As luzes se apagaram. Ele imediatamente olhou para as portas, delas vinha a luminosidade da rua; tranquilizou-se. Aguardou pressuroso para saber o que ocorria. As pessoas em volta, as vozes sussurradas, o escuro, as trevas haviam envolvido tudo. Era um momento angustiante, parecia que não se acenderiam as luzes jamais. Então houve silêncio, ninguém mais murmurava. Ninguém mais se ajeitava em seus lugares. Um terrível e pesado silêncio. Todos esperavam. Mas pelo que esperavam?, perguntava-se. O som de um pequeno sino foi ouvido, e ele prolongava-se em sua nota única... Esparramava-se pelas sombras, pelas pessoas. E aí, novamente o silêncio, depois de alguns instantes, o coro começou a murmurar uma canção que Carlos não reconheceu de imediato, murmuravam baixinho, como se cochichassem nos ouvidos dos anjos, como se fosse uma canção de ninar, com o cuidado de embalar uma criança, preocupados em não despertá-la. O sininho se fez ouvir longamente outra vez.

As suas emoções ainda estavam em desalinho, então, alguma coisa dos gestos das pessoas se perdeu, no entanto, ele percebeu uma minúscula luzinha se acendendo bem à frente da nave da igreja, e, como se este fosse um sinal previamente combinado, enquanto o som do sininho podia ainda ser ouvido, pequenas luzinhas foram sendo acesas por cada um dos que estavam ali. Da primeira luzinha, veio o fogo que foi acendendo vela por vela, que eram seguradas pelos fiéis. Carlos foi vendo o brilho, a luz, surgindo entre as trevas, enquanto as notas da canção eram murmuradas. Olhava atônito para aquela cena, olhava para as costas das pessoas à sua frente, e então olhou para o lado e para baixo. Seus olhos se encontraram com os de uma doce senhora, cabelos branquinhos, magrinha, pequena, a face enrugada, mas a face banhada por uma suave luz que vinha das velas, inclusive daquela que ela estava acendendo.

O rosto dela refulgia banhado em pura luz; candura e doçura brotavam suaves das linhas da sua face vivida e terna. Ela acendia a sua velinha com outra, parecia concentrada em seu labor, aos poucos levantou a fronte e encontrou o olhar de Carlos, que a vislumbrava. Ela sorriu cúmplice, como se tivesse surpreendido o menino arteiro que fora à igreja despreparado, e lhe estendeu a outra vela. Ele tomou-a inseguro, como se não soubesse o que fazer com aquilo. Mas havia tanto carinho e afeição naquele rosto carcomido pelos anos que não pôde resistir-lhe, segurou a vela bruxuleante, enquanto o terceiro sinal do sino se ouvia pela nave principal. As pessoas pareciam dançar levemente, jogando seus corpos de um lado para o outro, mas era as chamas que faziam suas silhuetas tremularem.

O murmúrio do coro parecia haver crescido e silenciado de forma harmoniosa e como se houvesse uma cadência conhecida e esperada. As vozes titubeantes, fortes e fracas, entre leves tosses, começaram a entoar uma canção, como que procurando o tom para se afinarem. Carlos se sentiu um pouco surpreso e encurralado com aquilo, tudo parecia ter sido preparado para ele. Havia meio que uma vibração de amor à sua volta, uma vibração triste e sagrada... Era como se houvesse voltado a um perdido tempo de infância; se sentiu pequenino e emocionado quando entendeu a primeira palavra da cantiga, que subia dolorosa, triste e festiva aos céus... Era novamente um menino a ouvir *"Noite feliz... Noite feliz... Oh, Senhor, Deus de amor... pobrezinho nasceu em Belém..."*. Imediatamente seus olhos umedeceram... Ele arrepiara de emoção, a sensação parecia percorrer seu corpo todo e num mesmo instante lhe voltar às faces, que ele agora sentia quentes e vermelhas. Olhou confuso para os lados. E a senhorinha novamente sentiu sua carência e, delicada e respeitosa, tocou-lhe a mão e a tomou enquanto a sua voz ia se elevando... Soprano e bela, lhe transmitindo a sua fé através daquele reconfortante carinho.

Uma lágrima emocionada desceu sorrateira pela face do triste Carlos. Ele se esforçou, se esforçou... Outra lágrima rompeu sua dor... E, enquanto a música se elevava em uma única voz aos céus, ele tentava cantar as palavras de que toscamente se lembrava, até que o pranto não pôde mais ser contido e se encurvou de pura dor e desespero, chorando... A boa velhinha, como se soubesse de tudo, nada perguntou e envolveu aquele homem imenso num abraço reconfortante e bom. Os circunstantes olharam como quem não entendia. Carlos praticamente se ajoelhou, ficou pequenininho, perto daquela bondosa mulher, perto da canção que trazia de volta a pureza e a inocência há muito tempo perdidas.

Em meio ao abraço, a senhora lhe disse, confortadora como se fosse o próprio Deus:

— Filho, calma, é misericórdia o que eu quero... disse Jesus "vinde a mim todos vós que estais sobrecarregados que eu vos aliviarei", calma... Deixa Deus entrar, não tenha vergonha... não tenha medo, eu estou aqui.

Em poucos instantes a música silenciou e se ouviu a voz do padre sussurrar como se fosse uma promessa de paz e luz:

— Não podemos falar do filho sem falar da mãe... Cantem comigo.

E assim, com voz forte e ao mesmo tempo cheia de emoção e amor fraterno, se ouviu uma antiga canção que Carlos conhecia bem: "Mãezinha do céu... eu não sei rezar... só quero te dizer, que quero te amar... azul é teu manto, branco é teu véu... Mãezinha eu quero te ver lá no céu...", e as palavras e emoções se repetiram...

Carlos se lembrara da mãe, da ausência, da dor, da distância, do tempo, da solidão, da sua violência com a infortunada que lhe fizera vir ao mundo, da sua surdez para com os seus conselhos. Nunca sentira tanta dor, alívio, arrependimento e alegria ao mesmo tempo. Num último momento o padre disse:

— Saudai-vos em Cristo.

Todos passaram a se apertar as mãos e alguns a efetivamente se abraçar, dizendo "a paz de Cristo". Dona Carolina, este era seu nome, abraçou Carlos uma segunda vez, beijou-o na face, olhou-o nos olhos e pronunciou, entre fraterna e cúmplice, aquela cumplicidade de quem viveu todas as dores possíveis de serem suportadas e cumprimentou-o:

— "A paz de Cristo...".

E ele, entre receoso e emocionado, abraçou-a de volta, respondendo:

— A paz de Cristo...

O sininho se fez ouvir novamente, as velas se apagaram no mesmo silêncio no qual haviam sido acesas... E o padre anunciou sério, ao mesmo tempo num tom feliz:

— Jesus nasceu! — Era o sinal para o coro da Igreja irromper com o canto de "Aleluia!".

Alegria e paz envolveram Carlos. Ele se sentia tão novo, tão outro, como se nunca houvera sido mais do que uma criança sofredora procurando um carinho, um abraço. Enquanto subiam e desciam as notas de júbilo da "Aleluia", o padre falou uma última vez, estendendo as mãos para a multidão e abençoando:

— Vão em paz e que o Senhor vos acompanhe... Em nome do pai, do filho e do Espírito Santo....

Ao que todos responderam "Amém", o órgão da Igreja tocou então uma música jubilosa. Carlos envolveu a senhorinha num abraço, cheio de vida e luz, conseguindo murmurar ao seu ouvido:

— Obrigado.

Ela nada respondeu, apenas passou a mão na sua cabeça, como se fosse só mais um menino levado, dos muitos que conhecera. Ele a olhava com carinho, e pensava que para ela parecia tão fácil amar.

Carlos desceu trôpego os degraus da igreja, enquanto os fiéis o envolviam em alegre algaravia. Num instante estava novamente caminhando solitário pelas ruas, pela avenida.

A chuvinha fina havia enfim parado. Ele ouvia as buzinas dos carros, as luzes espelhadas no asfalto, tudo lhe parecia estranhamente novo e, ao mesmo tempo, parecia estar vendo e ouvindo pela primeira vez naquele dia. Foi caminhando lento, pé ante pé pela avenida, olhando para a decoração de Natal, os anjos nas fachadas, as guirlandas, as lampadinhas piscando, o Papai Noel imenso deitado acima da avenida, com um monte de presentes. Enfim, era Natal.

Em poucos instantes ouviu fogos queimarem, espocaram pelos céus, e chegou até mesmo a pensar como isso não combinava com aquele momento sagrado, momento santo. Preferia dentro de si um silêncio respeitoso, enquanto o vento frio enregelava sua face. Caminhou, caminhou, e seus passos não eram nem soturnos, nem arrependidos, sentia-se um sujeito bom que se reencontrara consigo mesmo. Na sua mente passavam em torvelinho as imagens da mãe, do pai e dos irmãos e de como os havia desprezado. De como havia escolhido outro caminho, um caminho que os deixara longe, a distância. Sentia apenas agora como os erros deles. Aqueles pequenos erros que ele achava importantes eram apenas os mesmos erros que ele cometia e que, enfim, todos eram iguais naquilo que mais importava, na sua humanidade.

Como precisava pensar, Carlos se viu voltando para trás e refazendo seus passos pela imensa avenida; quase meia hora havia se passado entre sair da igreja e reencontrá-la às escuras. Um pouco distante olhou para o velho prédio, sua estrutura imitando um templo grego, suas grades externas para impedir os criminosos e cretinos vândalos. As trevas desciam densas. Via à frente uma figura solitária. Que aos poucos foi ficando mais clara conforme se aproximava. De braços cruzados e aparentando ansiedade, a mesma senhorinha que o havia amparado parecia estar à espera de alguém. Sozinha, em meio à escuridão semi-iluminada da avenida, diante da Casa de Deus, aquela que o havia tanto reconfortado abraçava-se em meio à sua pobre malha preta. Aproximou-se. Ela o reconheceu e sorriu e ele perguntou:

— A senhora está sozinha? Esperando alguém?

Ela, apreensiva, respondeu:

— Sim, estou esperando meu filho que ficou de vir à missa comigo, mas se atrasou e agora ele não chega...

Sentindo que poderia retribuir todo o conforto que recebera, Carlos lhe disse carinhoso:

— Mas a senhora não pode ficar aqui sozinha... É perigoso, posso acompanhá-la até sua casa?

Por um instante ela titubeou, mas respondeu:

— Ah, meu filho, estou preocupada, mas não posso ficar mais tempo aqui esperando, se puder me acompanhar eu agradeceria muito.

Os dois foram no sentido contrário do qual ele havia caminhado até então, a direção na qual instintivamente ele não havia ido. Dona Carolina falava de amenidades, do tempo, da aposentadoria que era pouca, do filho, que não viera buscá-la, mas que a ajudava e praticamente mantinha a casa. Ela enchia o peito de orgulho, e às vezes repetia:

— Sabe, ele é formado em administração!

Em um momento ela deu o braço para Carlos. Ele meio sem saber o que fazer... Ela então o dirigiu para que ele a amparasse, como se fazia antigamente.

Caminharam lentos. E dona Carolina se animou e disse:

— Sabe, meu filho é gay! Sofri muito quando ele me disse.

— Ah, tem muita safadeza neste mundo — disse Carlos, tentando consolá-la. Ela o corrigiu:

— Não, não! Meu filho é um bom rapaz, sempre foi!

E tomando ar afirmou seriamente:

— Rapaz consciente dos seus deveres, das suas responsabilidades. Jamais me deu uma tristeza sequer. Quando me falou o que ele sofria, e como era triste por não me poder fazer avó, eu sofri por alguns momentos! Mas se havia alguém que havia feito tudo para fazer as coisas certas, este alguém era meu filho. E, se não deu, eu sabia que não era por falta de tentar. Então eu fiz a minha parte. Aceitei-o como ele é porque, acima de qualquer coisa, é meu filho.

Honestamente emocionado, Carlos respondeu:

— Nossa, que coisa bonita que a senhora fez, nem todo mundo consegue pensar assim....

E dona Carolina replicou convicta da verdade:

— Todos somos filhos de Deus e ele não faz as coisas por acaso... Se ele quis que fosse assim, assim será!

Aos poucos, com passos lentos e medidos, por causa da idade e fragilidade da senhora, eles viram um pequeno grupo de pessoas que se acumulava pela avenida Paulista. Uma ambulância vermelha e três viaturas policiais paradas. Homens fardados em torno de algo que não poderia ser visto e os curiosos espiando o que houve. Dona Carolina fez o sinal da cruz e acabou comentando:

— Deus me livre, que povo curioso, coisa feia, não sabem nem respeitar a dor dos outros.

Foram passando devagar pelo fato ocorrido, um corpo jazia no chão. Vozes alardeavam um "Gay morto por um skinhead", e entre os vários comentários um circunstante fala:

— Gay não! Gabriel era o nome do cara!

Um mal-estar súbito se abateu sobre a frágil senhora. Ela parou um instante. Carlos chegou a perguntar:

— O que foi?

Ela respirou e respondeu:

— Nada, meu filho, apenas o nome do morto é o mesmo do meu menino.

Andaram poucos passos para além. E, em meio à discussão dos curiosos se ele era gay, viado ou Gabriel, um policial começou a afastar as pessoas e, indignado, falou em voz alta:

— Bando de babacas! Eu quero respeito aqui! Nem gay, nem viado! Gabriel Assunção Correia! Este é o nome dele! O digno policial ainda foi corrigido por um engraçadinho:

— É, não. Era!

Dona Carolina segurou mais fortemente no braço de Carlos e parou. Ficou estática, palidez cadavérica cobriu seu rosto. Ela enregelou-se viva. Recusava-se a acreditar no que ouvira. Nomes e sobrenomes comuns, qualquer um poderia ser, deu mais um passo, segurou novamente com força o braço de Carlos. Largou-o. Ele apenas perguntou:

— O que foi? — Enquanto ela se voltou para trás e dirigiu-se lentamente para o pequeno aglomerado de pessoas. Decidida, forte, cheia de luz, com a canção de Natal ainda a reverberar na sua cabeça. Ela nem viu que entreabriu espaço entre os curiosos afastando-os com as duas mãos, até chegar e vislumbrar o corpo jogado na calçada.

Apesar de os policiais tentarem afastá-la, ela jogou-se sobre o corpo e levantou o lençol respeitosamente. Um pouco longe, mas se aproximando, Carlos apenas ouviu os gritos:

— Não! Não! Meu filho não!

O choro convulsivo, lembrando um uivo de dor. Ele sentiu um forte desejo de fugir, mas apenas prosseguiu em seus passos. A realidade do que fizera como que lhe voltara em preto e branco. Uma forte comoção o abalou, as lágrimas começaram a descer enquanto se aproximava. Um policial forte e barrigudo colocou o braço à sua frente como que perguntasse o que ele fazia ali chorando, e ele apenas conseguiu responder:

— Sou amigo do morto.

Por um instante apenas, ele quis confessar: "Fui eu! Fui eu quem matou! Fui eu! Me leve embora daqui!". No chão, frio, molhado, refletindo as luzes do Natal, o corpo do jovem que ele matara e o desespero da mãe que o acolhera. Dona Carolina já se encontrava sentada no chão. O corpo do filho ensanguentado no colo. Cobria-o de lágrimas, como a mulher que cobrira os pés de Cristo com perfume. Recusava-se a acreditar na sua dor e indigência. Chorava amargamente. E clamava:

— Meu Deus, que vou fazer sem meu filho?!

E, entre soluços, às vezes batia-lhe levemente na face dizendo:

— Gabriel?! Gabriel?! Fala comigo... Quem foi o monstro que te matou, meu filho?! Fala pra mãezinha! Fala!

Carlos, confuso, assustado e ao mesmo tempo cheio de consciência de si e do que fizera, como se soubesse, pela primeira vez na vida, o que fazer, ficou com ela e a amparou. Foi ao velório, chorou o morto como se fosse seu conhecido de muitos anos. Abraçou dona Carolina como se há muito a conhecesse. Dia 25 de dezembro foi um dia chuvoso e muito triste no qual enterraram Gabriel. Era nome de anjo, isso Carlos não conseguia esquecer. Matara, matara um anjo que cuidava de uma doce pessoa.

A partir de então, dobrou o seu trabalho, passou a ter dois empregos, deixou de ganhar apenas para si e passou a ajudar dona Carolina. Aos poucos ela o via como um filho amado que

Deus enviara para substituir aquele que lhe fora tão tristemente roubado. E assim foi por alguns anos. Até que ela morreu de morte natural nos braços de Carlos, abençoando-o, sem jamais saber da verdade. Mas, para Carlos, isto não bastava.

Após providenciar o enterro daquela que fora como uma segunda mãe, caminhou destemidamente até a polícia, no centro da cidade, e enfim se entregou. Enquanto parecia ouvir ainda a mesma cantiga, repetida inúmeras vezes em sua mente: "Noite feliz... Noite feliz! Oh, senhor, Deus de amor...". Ao delegado, que estranhou o gesto, perguntando:

— Por que depois de tanto tempo?

Ele apenas conseguiu responder arrependido, mas com certa vaidade:

— Nenhum crime prescreve!

Dito assim parecia verdadeiro. Aquele era como um ato de contrição.

Passou dois longos dias inteiros na carceragem, e se dois dias pareceram tão longos não sabia como iria aguentar ficar muitos anos numa cela. De repente mandaram-no sair. Estranhando, mas calado, foi levado até a sala do Delegado, e este o despachou:

— Este é o crime do viado, não é?!

Ele apenas aquiesceu sem nada dizer.

— Só por ter matado um viado, você devia ganhar uma medalha! — riu-se o Delegado. — O crime prescreveu, mas não apenas prescreveu, não tem testemunhas, não tem provas. E num respiro completou:

— Até a mãe do rapaz morreu e não pode te reconhecer...

— E agora? — perguntou Carlos, sem acreditar de todo no que ouvia.

— Tá livre! Pode ir embora! — E ainda lhe tirou um sarro. — Lembre-se do que Jesus falou, "Teus pecados estão perdoados, vá e não peques mais..." — gargalhou, sabendo que seu sarcasmo instigava o crime e não o arrependimento.

O Delegado se sentia um pouco cúmplice dos crimes que gostaria de ter cometido. Carlos saiu da Delegacia se sentindo desconfortável. Tinha a certeza de que buscou fazer o que era certo. Se redimira ao ajudar dona Carolina, mas sabia que no fundo se arrependia apenas de tê-la feito sofrer, mas Gabriel... Gabriel era outra coisa. Na ausência daquela boa mãezinha que estivera junto dele, parecia que estes poucos anos haviam fermentado dentro dele uma raiva nova e ainda mais profunda.

Caminhava pela noite, caminhava e, ainda que houvesse uma distância razoável entre a Delegacia e a avenida Paulista, pé ante pé, foi até lá. Então sentiu o vento fresco no rosto e era como se pudesse viver novamente. Já não possuía mais amarras, dona Carolina se fora, já se penitenciara. Agora poderia botar para fora aquela raiva toda que sentia, era o mal-estar que o Delegado viu muito bem. Dessa vez seria ainda mais discreto. Começou a espreitar, a olhar quem vinha. Buscava... tinha de ser gay, tinha de ter cara de anjo.

DESCONFORTO

EU PASSEAVA PELA PRAÇA, num fim de tarde frio de um maio que desejava virar junho. Caminhei à toa por um tempo e sentei num banco. Olhei o entorno, buscando. Diverti-me vendo os moleques que se apropriaram do parque. Violavam os balanços como se neles pudessem fazer uma viagem sideral. Pareciam ser moradores de rua, pois naquele frio não tinham agasalhos.

Fui visto por olhos interessados, mas, sem coragem de arriscar, levantei-me e voltei a caminhar. Tornei-me o homem que passa, olhares me acompanhavam. Caminhei, e minha caminhada não foi inútil, nem em vão. O desejo me sufocava. Semanas e semanas vendo os rapazotes passarem pelas ruas do centro, seus corpos, seu jeito... Cansei de me masturbar pensando neles. Naquele instante caminhava para a realização do desejo. Prometia-me que nem minha timidez espiritual interferiria.

Ele caminhava espiando, vinha na direção contrária, também em busca de algo. Sentou-se e me olhava diretamente. Um moleque de calção comprido e largo, tiritando de frio, abraçando-se a si mesmo numa blusa velha e gasta. Molecote moreno, olhando e caçando. Eu passava, vi e não vi. Até pensei em corresponder, mas não podia me dar o prazer de conversar ou me aproximar, achei que era muito novo. Então, caminhei com passos tíbios deixando-o para trás. Voltei-me e o olhei novamente e estava lá, sorrindo para mim. Não consegui fingir que não era comigo, sentei com ele no banco. Foi o convite dos olhos.

Ele, como quem não quer nada, falou dos presentes que alguns amigos lhe davam. E, ouvindo-o, eu disse que sabia que ele era michê.

— Michê? O que é isso? — perguntou.

— Garoto de programa! — esclareci sorrindo.

— É, então eu sou garoto de programa! — respondeu num sorriso divertido, como quem tivesse se descoberto naquele instante.

Eu conversei, e conversei muito, porque não queria sair com ele. A curiosidade me pegou, e o desejo me faz mentir e escrever. Ele me foi contando, a mãe vivia do seguro-desemprego; tinha uma irmã mais nova. Ele estudava na parte da manhã. Não conseguia arrumar emprego. Seu português quase precisava ser legendado. Eu vou lendo nas entrelinhas. De tanto ouvir da sua pobreza e necessidade, convenço-me não a sair, talvez pagar um sanduíche, levá-lo para a minha quitinete e ver um filme. Ele perguntou se eu tinha vídeo, gostava de ver filmes. Informou que na sua casa só tinha um guarda-roupa, um fogão e uma geladeira.

"Cento e cinquenta é o programa", e informou que, se eu fosse feio, seria mais caro. Meu desejo me venceu e decidi que não apenas iria sair com um garoto, sairia com um michê. Um michê para o qual daria comida e talvez um pouco de carinho. Ele disse que tinha dezoito anos, não pedi provas. Caminhamos, e ruas depois passamos por uma padaria. Comprei um monte de pães pensando nele. Eu lhe disse que não era rico, que vivia apertado, mas, diante daquela miséria, sentia-me um milionário. Ele estava com pressa, desejava terminar logo com isso, andava meio correndo. E eu, estranhamente, desejava companhia. Mas ele só queria terminar logo.

Minha quitinete nos acolheu, estava quentinha e confortável. Não tinha praticamente nada ali; um colchão de casal no chão, armário embutido para roupas, um computador com mesinha, uma poltrona velha à guisa de sofá, e o básico na cozinha. Era todo meu luxo. E, depois de chegarmos ali, eu temia o tempo todo. Ele poderia me roubar. Ligou a TV e ficou passando os canais, minha TV velha pareceu maravilhosa a seus olhos.

Usou o telefone fixo, para dar trote numa namoradinha. Falou com ela sobre o irmão mais velho que havia saído da cadeia. Eu esquentava o leite, cortava o pão e ia ouvindo tudo, palavra por palavra. Pensava em lhe dar de comer, cuidar um pouco dele. Mas ele estava com pressa e, apesar da alegada fome, desejava logo ir embora.

Então eu o abracei, mas ele não me abraçou, senti um estranhamento. Foi algo meio constrangedor e desajeitado. Levei-o para o meu colchão no chão e deitamos. Abracei-o novamente, e ele sentiu cócegas e riu com uma voz de criança. Não sabia se portar, e não deixou me aproximar direito. Abriu o calção e deixou ver a virilha, disse para eu ter cuidado, pois "aquele calombo ali estava doendo muito", e, me mostrando, disse que não sabia o que era. Não falei, mas gostaria de ter dito para ele ir embora. E não disse, porque deveria pagar o programa mesmo sem ter feito. Pagar? Sim, a sua miséria era tanta que não poderia dispensá-lo sem lhe dar o dinheiro.

Perguntou-me o que queria fazer e lhe disse que queria ser ativo. Ele virou de bunda, ficando de bruços. Beijei delicadamente a sua linda bunda de moleque. Ele riu, e quase não deixava fazer o carinho por causa das cócegas. Pediu para que eu fizesse logo o que tinha de fazer, e com calma para não doer. Peguei o lubrificante e ele, assustado, perguntou o que era. Eu expliquei, umedecendo os dedos e mostrando. Ele estava tão assustado quanto eu.

Tentei passar o lubrificante, mas pediu para ele mesmo fazê-lo, pois tinha cócegas. Deitado de bruços me esperou. Eu vesti no meu pênis uma camisinha; camisinha importada que um amigo da Suécia me trouxe. O pênis parecia não querer cooperar, mas estava funcionando. Perguntei-me, sem dizer nada, o que eu estava fazendo. E ele, se aborrecendo, pediu para eu ir logo, estava com pressa.

Deitei-me sobre ele de roupa e tudo, apenas as minhas calças estavam arriadas. Pensei nas rapidinhas da vida que os outros fazem, nos parques, na marginalidade, no medo de quem não pode, como eu, viver sua sexualidade sossegada. Eu tentei abraçá-lo com carinho, ele recusou. Eu ofereci comida, mas queria ir embora logo.

Ajeitou meu pênis, colocando-o no lugar. Eu fiz um pouco de força e o penetrei. Ele era pequeno e magro, e seu corpo ficou esmagado sob o meu. O rosto se contorcia com uma dor que era quase violenta. Eu me perguntava se não era a primeira vez que ele fazia aquilo. Seu rosto, distorcido por uma estranha agonia, quase chorava. Meti. E meti com essa dúvida estranha, sentindo-me um estuprador. Um estuprador num estupro consentido, que dói. É o sonho de alguns homens se imporem sem poderem ser recusados. Não o meu.

Pediu para que eu não demorasse. E eu disse que não demoraria. Estava desconfortável no colchão, então o coloquei quase de quatro no sofá. Ele sofria, mas agora estava tudo mais fácil. De repente, um sentimento me invadiu, um inusitado prazer de dominador. Senti verdadeiro prazer em vê-lo sofrer. Pra*zer d*e saber que ele iria me suportar neste breve espaço de tempo por duzentos reais. Duzentos, ele subiu o preço quando abaixei as calças. E eu, não achando que valesse, disse que pagava.

Naquele momento já não havia mais piedade em mim. Apenas fiz o que tinha de fazer para que ele fosse embora logo. Seu irmão marginal, sua semivirgindade, sua completa inexperiência me deixaram desconfortável. E agora só desejava gozar e sair do meio das suas pernas. Ele desejava isso mais que eu. Passei a gostar da demora e ele gemeu dizendo que não aguentava mais. Mas eu disse que são duzentos reais, e tinha de aguentar.

Gozei e gozei muito. Como nunca poderia imaginar que gozasse, senti tanto prazer que fiquei um pouco grogue. Mal me esperou terminar, levantou-se, pediu licença e foi para o banheiro. Fechou a porta e, com alguma urgência, defecou. Eu esperei próximo à porta, recusava-me a não ficar de guarda, vigilante. Ele saiu e quis ir embora. Eu tinha o dinheiro pronto, me pediu um cigarro e lhe dei. E pedi para acendê-lo fora do prédio, era proibido fumar no elevador. Pensando bem, comportamento indecente também era.

Acompanhei-o de perto até a porta do prédio, vigiando o tempo todo. Naquela noite não tinha porteiro. Já do lado de fora, no vento frio, acendi seu cigarro, e desejei sair dali também. Acompanhei-o meio quarteirão até a esquina, dei-lhe um tapinha nas costas e me despedi. Ele só me disse:

— Obrigado, aí! — E, entre feliz e entusiasmado, afirmou: — Duzentos reais! Se alguém tentar tirar de mim vai ver só!

— Tchau, Ricardo, se cuida! — A única coisa que pude dizer como representação da verdade.

Ricardo. Não sabia seu nome. Mas ele sabia o meu, e sabia onde eu morava. Instintivamente fui para o apartamento de um amigo que morava próximo. Precisava de proteção. O medo me invadiu, mas não era pânico. Ele poderia voltar com o irmão, gostou da minha televisão, adorou meu micro-ondas. Queria que eu lhe desse uma calça ou uma camiseta. Eu tinha mostrado tudo e deixado claro que não havia o que dar. Penso agora que, na sua indigência, meu pobre guarda-roupa podia guardar vestidos de sonho. Meu amigo não se encontrava. No começo da noite nunca estava em casa. Então era apenas eu de novo. Tudo não durou, entre caminhar e trepar, mais de uma hora.

Voltei para casa e nada me tranquilizava nem me assustava. Meu desejo continuava forte e avassalador, e não se passaram dez minutos da minha chegada quando me masturbo pensando nele. E sinto imenso prazer novamente. E, agora, ele me dava o terceiro prazer, escrever. Talvez devesse ter pagado mais, foram prazeres além do combinado.

Saí em busca de um caixa eletrônico, mesmo porque minha quitinete estava sufocante, e não aguentei respirar o ar exalado por mim. Precisava pegar algum dinheiro, ele levou tudo o que eu tinha. Apesar de tudo, eu não mentira, não sou rico. Por duzentos reais teria feito um programa melhor, é a única coisa que pensava. Por duzentos reais teria direito a beijo e abraço, por duzentos reais um michê profissional teria saído comigo em começo ou fim de noite. Por duzentos reais num dia frio, ele teria feito o que eu pedisse.

Não sei, acho que, se eu apenas tivesse dado o dinheiro para ele, seria um insulto pior. Prostituição é trabalho. Trabalho ruim, mas trabalho. Agora fico feliz por não ser feio, por não ser sujo e por não ter um pênis grande demais.

A videolocadora ficava próxima, e peguei o volume um de cada série de documentários sobre a vida de Jesus Cristo. Irônica encomenda de um professor. Ficaria assistindo a esses vídeos. Saí pelas ruas e fiquei olhando em volta para ver se não me encontraria com a sua marginalidade.

Vigiaria e perseguiria a mim mesmo durante algum tempo. Espiando para ver se ele não se aproximava de mim com sua miséria. A miséria dele que não reconhecia a minha pobreza. Pobreza que, diante de tudo, nem eu conseguia reconhecer. Duzentos reais. Para ele foi aquilo que significou. Duzentos reais para abrir as pernas para outro homem. Duzentos reais para se sentir incomodamente currado. Duzentos reais. O que para mim significava sua dignidade, e que pensei pudesse ser para ele algum prazer, eram tão somente duzentos reais.

Não me sentia incomodado, nem com Cristo, nem com as fitas, pois estava distante de mim. Ele consentiu e eu consenti. Não foi comércio, foi violência. E senti prazer na violência consentida. E alguma culpa... Não posso me esquecer de que sexo sem culpa é muito chato.

"Tchau, Ricardo! Te cuida!"

ENTRETANTO...

THIAGO ACENDEU UMA VELA DE NATAL e a colocou sobre a pequena mesa. Olhou à sua volta e não conseguia acreditar no que restara depois de tudo, uma quitinete. Não me via, pois tudo estava imerso em trevas, e com elas me confundo. Perguntava-se, imerso em desânimo, "Foi para isto que vim pra cidade grande?!". Décadas de luta, sonhando em vencer numa carreira e tentando realizar o que aprendera desde cedo, construir um lar. Senão um lar, uma casa. E ter uma casa não era como ter um carro. Um carro significava poder e satisfação. Mas a casa era a suprema vitória, na qual haveria o repouso do leão. Agora, quase seis décadas o batiam; desde a juventude empreendera uma feroz luta pela sobrevivência. Apoio da família tivera e não tivera, aquela coisa inconstante. Para suprir essa falta, acreditou fortemente em Deus. Pois, criado como um subalterno, não poderia acreditar em si. E, estranhamente, acreditou nas pessoas. Essa é a coisa mais tola que fez. Aprendeu muito tarde com Dr. House, personagem de um seriado de TV, que as pessoas mentem, e mentem sempre.

Já contava quarenta e cinco anos quando comprou no Bom Retiro seu primeiro apartamento. Em razão do seu local de trabalho, havia morado muito tempo em Moema. Lá descobriu que não podia pagar por aqueles apartamentos. Poderia alugá-los, mas comprá-los não. E não podia pois tudo no mundo foi feito para um casal pagar. Para homem e mulher da classe média juntarem seus esforços, se endividarem e conquistarem algo seu e ali criarem seus filhos. Mas nisso Thiago fracassara, era gay, não teria uma esposa para dividir as despesas. Então para ele e todos os que têm a sua sina, tudo custaria o dobro.

Estranho como demorou para descobrir esse simples fato da vida. O mundo não é dos gays, o mundo não é dos que vivem sós. Nada é fabricado, produzido ou pensado para os que viverão uma vida completa de solidão. É como se essa vida não existisse, entretanto, na cidade grande ela é comum. Principalmente entre viados. Não é porque as pessoas vivem sós que elas desejam morar na rua ou numa quitinete. Elas têm no seu coração a casa dos pais, e nessa sempre cabiam quatro pessoas. E é essa construção, grande ou pequena, que nos invade quando queremos um lar. Buscamos repetir o que tivemos ou construir o que nunca tivemos, a casa da família margarina do comercial de TV. E Thiago havia notado mui tardiamente que isso lhe fora tirado: relações familiares profundas, um lar e pessoas queridas vivendo sob um mesmo teto.

Na Moradia dos Estudantes, quando jovem, se viu dividindo um espaço não muito grande com mais três. Ainda que odiasse aquilo, não conseguia pagar um apartamento na cidade, e demorou muito para fazê-lo. Antes disso chegou a morar de favor na casa de um amigo. Quando conseguiu alugar o primeiro local, onde poderia desfrutar da sua própria companhia em paz, ele tinha vinte e cinco metros quadrados. E, sem assombro, descobriu que tinha de lavar a roupa na pia do banheiro. Era angustiante ficar ali dentro. Sozinho era ruim, acompanhado era muito pior. Numa feita, chegou a dividir a quitinete com outro rapaz para poder pagar o aluguel. Nestas circunstâncias resolveu morar novamente em república, pois ao menos o espaço era maior.

Quando enfim, anos mais tarde, teve condições de financiar um apartamento, descobriu o Bom Retiro. Um bairro cheio de lixo e tradições no centro de São Paulo. Recheado de prédios velhos e decadentes, entretanto os apartamentos eram grandes, com um preço razoável. Aos poucos se convenceu de que o bairro era ótimo, pois de nada adiantaria entender que as pessoas que trabalhavam com ele jamais pisariam ali. E, apesar de ser uma situação um tanto quanto degradante, era o paraíso perto do que qualquer pessoa comum tem para morar na capital. Quando conseguiu pagar o financiamento, telefonou para todo mundo que, em sua imaginação, o havia ajudado na conquista; e, chorando, agradecia-os ao telefone. Deve ter passado por louco. Havia sido difícil pagar o imóvel, dois anos quase passando fome. Mas estava pago.

Decorou com calma o grande apartamento, três dormitórios mais um. Chegou a ter uma faxineira ótima que cuidava de tudo. Tapetes persas (usados), antiguidades meia-boca, quadros e outras quinquilharias de bom gosto preencheram o vazio de vida do apartamento. Ali entrava um ou outro rapazote que logo ia embora sem deixar afeto de verdade. A solidão no Bom Retiro foi ainda pior do que a de Moema. O lugar grande, ecoando os desejos não realizados, as frustrações e tristezas. O lugar grande preparado para os pais pobres virem morar; não vieram.

E agora estava com aquele grande espaço, ocupado, mas vazio. Só para não estranhar demais, dormia numa cama de solteiro num quarto minúsculo próximo ao banheiro. Depois passou a dormir com um casal de pinschers na mesma cama de solteiro. Tinha um quarto com cama de casal e tudo organizado, mas se sentia mais seguro e sem medo no quarto pequeno no qual só cabia uma cama. Medo de quê?! Medo dos espíritos maus do bairro. Estavam por todo lugar. E nisso não havia como contraditá-lo.

E, enquanto olhava fixamente para a vela de Natal que acendera, cuja luz recaía sobre o peru, na realidade um minúsculo frango defumado, sentia-se triste. Gostava de comemorar o Natal quando era adolescente, mas a família fizera a data se transformar em algo amargo e desprezível. Longe de casa, sempre longe, não tinha mais motivo para comemorar. Entretanto, agora, quando não tinha mais pais, irmãos ou parentes próximos, e estava a alguns quarteirões da Cracolândia, sentiu uma necessidade aflitiva de comemorar o Natal. Talvez, numa sede humana, deveras humana, da presença de Deus, sendo trazida pelas doces recordações da infância. Olhava para o brilho amarelo da vela com uma estranha vontade de chorar. Não acendera nenhuma outra luz, pois o lugar era pequeno, e uma vela dava bem conta dali. Achou triste ser tão sozinho, mas não achou que houvesse outra solução. Desde o HIV as coisas pareciam ter perdido o sentido.

Esse fora o fim do grande apartamento do Bom Retiro, um namorado muito mais jovem o contaminou. Um dia, enquanto se amavam, num gesto extremamente rápido, tirou a camisinha e gozou dentro dele. Thiago ficou ali, sentado no pau do outro, olhando aturdido para o seu rosto que se contorcia feliz. Levantou-se, sem brigar, só perguntou, "O que você fez?!". E ele respondeu, a contragosto, com pouco caso, "Nada, só estava gostoso!". Depois, ao acaso de Deus, descobriu que estavam contaminados. Qualquer um o expulsaria ou brigaria, mas Thiago não. Achou que depois de trinta anos sendo gay, desviando da AIDS, até que demorou para se contaminar.

A contaminação era quase certa desde sempre. Não importava que não fosse promíscuo, o mundo era. Não importava que usasse camisinha, arrancaram ela e o contaminaram. Aceitou o fato, chorando apenas um pouco. Na manhã em que foi informado, não pôde nem ficar chocado, pois deveria levar a mãe na rodoviária em instantes. Que vontade de gritar, "Mãe, me fizeram mal, mãe! Me fizeram mal!". E chorar como uma criança em desespero. Entretanto, não o fez, não o faria. Assumiu a culpa mesmo não tendo. Afinal, como um rapazote de vinte e dois anos conseguiria lidar com a situação? Então fingiu que estava tudo certo e amparou o outro. Tudo vinha à mente naquele momento, observando a vela diante do peru. Toda luz é assim... meio bruxuleante diante da escuridão.

Manteve-se aparentemente forte, mas a verdade é que depois disso surtou. Desmontou de qualquer jeito o grande apartamento, teve fobia social, vendeu o lugar o mais rápido que pôde. Mudou-se novamente para Moema para pagar aluguel. Depois comprou outro apartamento no Bom Retiro, depois vendeu, depois mudou de cidade, depois mudou novamente, e por fim estava de novo no Bom Retiro. Era como se não pudesse sair dali. Não mais num grande apartamento, mas numa quitinete. Os colegas de trabalho jamais foram amigos de fato, coisas de São Paulo. Os amigos, tinha poucos, jamais acreditaram nele, mesmo quando estava bem. E em vez de ajudarem, conversando ou incentivando, quem sabe até um bom conselho, apenas o ignoravam ou faziam comentários azedos; era como se nas mesmas circunstâncias eles fizessem melhor, entretanto, sabia que não fariam. O namorado, depois de dois anos, foi embora; ainda eram amigos, cúmplices de um passado funesto.

Em matéria de autoengano, Thiago era muito esperto. Ele não perdeu as coisas, ele tomou decisões antes de perdê-las; e ainda que significasse perda, parecia que estava no controle e que fazia escolhas boas. Entretanto, o grande apartamento era todo seu patrimônio, e virara uma quitinete. Compraria uma casa no interior com aquele valor, mas, para viver em lugar algum, viveria ali mesmo. Ainda haverá quem diga "Uma quitinete, é um bom patrimônio, um bom lugar para morar!". Mas isso é coisa de quem não conhece o Bom Retiro. Prédios velhos, água enferrujada saindo das torneiras, vizinhos bolivianos, chineses, gregos e, os piores, evangélicos brasileiros. Naquele lugar tudo vira cheiro ruim e barulho constante. Assim que a pessoa chega, ela procria, e o bairro deve ser o que tem a maior quantidade de novos brasileirinhos por metro quadrado. Eles correm na sua cabeça, choram, gritam, fazem birra o dia inteiro; e de madrugada andam de skate fazendo algazarra. Sim, Thiago havia feito escolhas, ele não havia perdido nada. E as escolhas eram boas do ponto de vista de um migrante malaio.

Eu o vejo assim, sozinho na Noite de Natal. E a Missa do Galo acontecendo, na Igreja Nossa Senhora da Conceição a poucos metros dali. Cheia daquela fé chorosa de quem precisa de tudo e se recusa a ver a realidade tal como é. Eu o vejo ali, sozinho, mas verdadeiro, sozinho, mas cheio de honestidade para consigo mesmo. Sozinho, ele e o frango defumado fazendo as vezes de peru. É estranho como podemos nos orgulhar do pouco a ponto de nos perdermos para o muito. A cada hora que passava Thiago aproximava-se mais da miséria da humanidade.

As razões para viver se esgotaram e parecia que apenas aquela pequena vela era a garantia de vida. Prometera comer o frango e tomar o vinho, antes que ela se apagasse de todo. Comprara o vinho no mercado do chinês, com um senhor que mal falava português, com o qual se entendia muito bem. Gostava de Gato Negro, Cabernet Sauvignon, um vinho chileno de gosto e preço justos, e o comprava com muita frequência. Começou a puxar a pele tostada do frango, ia comendo, lambuzando os dedos, sem saber até quando teria esses novos luxos.

Eu o vi quando, com um pedaço de frango na boca, se cobrou cheio de dor e amargura, caindo em si: "Meu Deus, sou professor e tenho fobia social...", chorou em pânico ao ser invadido pelo fato que não desejava abandoná-lo. Estava com medo, muito medo. Sobrevivera a tudo, mas parecia sucumbir a si mesmo. Não suportava ruídos, o som flagrantemente agressivo de alunos falando e gritando ao mesmo tempo o enlouqueciam; não conseguia mais ser questionado e oprimido por todos sem nenhuma razão. Suas mãos tremiam só em se aproximar do micro, suava bicas se tinha de procurar emprego; na verdade não conseguira nem fazer o currículo. Como sobreviver se não conseguia fazer o que bem fazia? Tudo desmoronando... E a Cracolândia era logo ali, chamando-o para o abismo. Em sua cabeça todos faziam pouco e o chamavam de "fracassado", "derrotado", sem nenhuma camaradagem ou piedade. Chorou e chorou, com o pedaço de frango na boca, completamente desesperado e ridículo. Eu o espiava das sombras e vi quando a vela apagou e o deixou imerso na escuridão. Uma treva densa e pegajosa, dessas que grudam e não soltam mais. Estava pronto para a morte, mas não para a indigência dos pedintes do Bom Retiro.

Ainda que estar cheirando a vinho o envergonhasse, desceu do prédio a toda brida, me surpreendendo. Eu o segui. Imaginei que fosse se embrenhar em meio aos drogados. Imaginei que morreria gozando de tanto fumar crack em meio à imundície. Para mim, parecia que tudo valera a pena afinal, depois de tanto tempo, eu seria bem-sucedido. Mas, muito lestamente, cruzou os quarteirões, enfrentou as trevas como quem a elas estivesse acostumado, entrou pela porta da frente da igreja, não muito lotada. Ajoelhou-se e, com tremenda dor, de cabeça baixa e com os olhos sangrando em lágrimas, orou:

— Pai nosso que estais nos céus, santificado seja o vosso nome. Venha a nós o vosso Reino, seja feita a vossa vontade, assim na terra como no céu. O pão nosso de cada dia nos dai hoje, e perdoai nossas ofensas, assim como perdoamos quem tem nos ofendido; e não nos deixeis cair em tentação e livrai-nos de todo mal... Amém. — E repetia baixinho: — Não me deixe cair em tentação... livrai-me do mal... — E repetia, e repetia, e repetia...

Eu o vejo ainda encurvado na Igreja, rezando como nunca rezou, eu o vejo... E, apesar da minha vigilância na sua quitinete, me surpreendeu. E soube que ele tinha uma certeza, não uma fé. Se Deus não pudesse salvá-lo, ele podia. Decidir não estar só, não importando a companhia, naquele dia o manteria vivo. Se para viver ele tivesse de imitar fé, então ele imitaria... Mas Thiago... Thiago era muito bom com autoengano. Eu teria de aguardar o seu tempo novamente. Por isso, enquanto esse tempo não chegava, dirigi-me para o antigo apartamento grande. Nele eu já havia conseguido que seu amigo, o atual morador, virasse acumulador de lixo.

E que, trabalhando online, vivesse completamente isolado. Esse, eu tenho certeza, não tem uma vela de Natal... Quanto mais confiante de si ele for, mais impossível será salvá-lo. Irá pedir comida *delivery* como faz toda noite... Mas hoje... hoje não tem entrega...

É como acredita Thiago: no Bom Retiro existem maus espíritos... Entretanto, até os cães fazem escolhas.

PIETÁ

AS RUAS NÃO INCOMODAVAM MUITO APARECIDA. Caminhava pela cidade como quem afronta o destino. Nas mãos as sacolas de compras, promoções de supermercado e dinheiro curto eram verbos que ela sabia conjugar muito bem. Quarenta e poucos anos; existem idades que jamais deveriam ser ultrapassadas. Os olhos viçosos da mocidade apagavam-se lentamente e sabia das dores daquela cabeça morena grisalhava. Ossuda, magra, como uma necessidade nordestina de viver, caminhava desafiando a saia justa, balançando a blusa de malha. Falseava às vezes o pé com um sapato de salto alto, mas que não tinha em si nenhuma graça especial. De longe avistou uma senhora sendo assaltada. Estacou. Não sabia se tinha medo, se não tinha, as pernas tremiam ligeiramente, engoliu em seco. Num instante as mãos suaram. Escutava as ameaças do assaltante e as lamúrias queixosas da velha.

Não sabia como agir. Aos poucos uma estranha força a envolveu, e gritou:

— Socorro! Polícia! Alguém ajude! Socorro! Ladrão! Ladrão! — A voz saía como um urro surdo de sua garganta rouca, um grito desumano incendiando a cidade com sua revolta.

O garoto que empunhava a arma mirou e atirou.

Sentiu-se tontear, o chão faltava a seus pés, era apenas a adrenalina. Por três vezes ele errara. No chão a velha jazia ensanguentada, ele não perdoou a sua tentativa de fuga.

Aparecida, já sentada no chão, apertava a miserável criatura contra o peito. Afagava os cabelos e chorava sobre seu rosto,

— Minha filha, avisa... minha filha... — agonizava. Os transeuntes curiosos acotovelavam-se a sua volta, tapando a pouca luz do sol, deixando aquele instante mais escuro. O corpo alquebrado, os cabelos anelados e grisalhos, o peito massacrado pelo tiro, o xale ensanguentado, um último suspiro.

Culpa, muita culpa, era o que sentia Aparecida. Beijava o rosto da desconhecida e chorava com o pranto mais verdadeiro, com a dor de quem foi bala naquele revólver.

— Minha boa vó... vó... — soluçava. — Vó... — chorava copiosamente. E enquanto a polícia não vinha, os populares tentavam-na dissuadir de embalar aquele corpo. Corpo andrajo do espírito, pensava. Só conseguia murmurar baixinho uma cantiga, entrecortada por uma voz adocicada e carinhosa:

— Dorme vó... dorme... vózinha querida... dorme...

Agora os passos de Aparecida eram trêmulos, carregava o que sobrara das compras, as roupas ensanguentadas, às vezes parava e chorava convulsivamente... "tão injusto"... A noite caía ligeira. Apesar da distância da sua casa, decidira fazer o percurso a pé. Queria ver nos rostos das pessoas a cumplicidade com o crime, queria fitar cada um nos olhos e mostrar a sua flâmula vermelha... ainda era a culpa.

Os ônibus no horário do rush passavam lotados, comprimiam-se as pessoas. A seus olhos, aqueles transportes assemelhavam-se a grandes ataúdes... A curta frase entrecortada da mulher calava-lhe fundo na alma... "minha filha, avisa"... Em seu último instante aqueles cabelos anelados e grisalhos ainda não se pertenciam. Aparecida de olhos embaçados ficava imaginando a cena familiar: a filha com os netos, genro, televisão e vida doméstica. Agora pensava tão somente na sua própria filha, em chegar até em casa e abraçá-la, como se estivesse habitada pelo espírito daquela estranha mulher que perecera. Queria estreitá-la nos braços e esquecer-se no abraço, como quem se perdera de si e precisasse desesperadamente se reencontrar. "Cecília, minha filha, não fui eu que morri."

———

Dona Cândida batia um bolo. As mãos magras e fortes não denunciavam sua verdadeira idade. A cozinha suja e desorganizada testemunhava o extenuante trabalho doméstico. Fornecia marmitas para uma construção próxima. Ajudava a filha a manter a casa, recusava-se a tornar-se uma velha inútil. O lábio amargo, as suas amplas rugas espalhadas pelo rosto contavam em cada dobra o sofrimento. Não lamentava o falecido, em sua opinião, já fora tarde. Ele fizera a totalidade dos seus cabelos embranquecerem. Fizera suas parcas esperanças de felicidade definharem. Nenhum homem prestava. Nenhum. Até o marido da filha, que parecia ser tão bom moço, a havia abandonado por uma qualquer. Não sabia o nome da outra, não interessava. A penúria típica do abandono a preocupava mais.

A neta ouvia música no quarto.

— Tão mal-educada... Aparecida é boa demais pra essa menina... — resmungava Cândida.

A massa convertia-se em bolo nas suas mãos. "E a Cida que não chega?!", preocupava-se.

O longo avental encharcava na pia, ariava as panelas, limpava ferozmente o chão com o rodo. Preparava o dia seguinte. Enquanto isso a novela fazia as cenas de abajur na televisão ligada. No fundo, Cândida não prestava atenção, só tinha "pouca vergonha". Mentia para si mesma, pois se emocionava no final de cada novela. Era comum segurar um lencinho para secar as lágrimas nos momentos mais felizes, de tristeza não chorava.

Cecília. Cecília de Cecília Meirelles. Feita num sonho encantado de Aparecida, que se embebera de poesia num curso normal. "Meu amado quando virás enfim..."; veio e foi embora. Ela era assim, um sonho que se transformara em pesadelo. Daqueles que se acorda assustado e molhado de suor. Saíra mais a avó do que a mãe. Mãos fortes e grandes. Talvez não devesse ter se dedicado tanto aos exercícios físicos. Baixinha e troncuda. Abandonara os estudos no final do ensino médio. Pensar demais a aborrecia. Ler Safo, "Coisa de sandalinha", respondeu um dia quando perguntada e completou, pensando na mãe: "Cecília Meirelles, ilusão de mocinhas que esperam marido". Hilda Hilst não entendia, mas gostava.

O quarto. O quarto recendia a um cheiro estranho. Algumas calcinhas sujas jogadas num canto. Os coturnos, desamarrados e afogados por meias usadas, espalhavam-se sobre o tapete poeirento. Queria não entender a implicância da avó, que se recusava a limpar essa parte da casa. Tirara o CD de Marina e colocara o de Ângela Ro Ro: "Amor, meu grande amor... não chegue na hora marcada...".

As revistas *Playboy* desarrumadas num canto do quarto. Folheava a última edição: "Higiene Masculina — limpar adequadamente o prepúcio evita infecções vaginais nas mulheres".

A luz vazava pela janela semiaberta do quarto. Sombras horizontais se projetavam nas paredes vizinhas, escapando entre as madeiras da veneziana, uma luz que se deleitava pela pele da jovem. Suspirava baixinho, não queria ser percebida. Deliciava-se em olhar 'Tília. A fumaça do cigarro saía pela janela vindo ao seu encontro, era o forte cheiro da outra que embebia suas narinas e a excitava. Tarsila era toda silêncio. Delicada e branca, magra e suave, olhos grandes, espantados e castanhos. Cabelos longos e encaracolados.

Entre uma página e outra da revista, Cecília, de soslaio, a olhava e divertia-se fingindo não a ver. Tentava não sorrir para manter o prazer voyeur da amiga. Assim ficavam muitas vezes as duas, o silêncio e o propositado alheamento. De longe Tarsila afagava mentalmente os negros e curtos cabelos de 'Tília, e deliciava-se com o carinho imaginário.

Os olhos se encontravam, calmos e soberanos. Uma penetrando a outra através da densidade do olhar. O corpo de

Tarsila entregando-se lânguido aos cílios de 'Tília, como se fossem uma língua quente, carinhosa e meiga. Um sorriso dividido pelos lábios das duas, o rubro das bocas a confundirem-se com o sangue correndo quente pelas veias. Um único coração batendo em dois corpos, num ritmo denso e suave.

As mãos úmidas de Tarsila tocando a si mesma adiantando a carícia.

―

— Sangue?! Minha filha, que aconteceu? Sua roupa está toda suja!

Aparecida, trêmula e cansada, depositou as compras sobre a pia e sentou-se antes de explicar para a mãe o que havia ocorrido.

— Cecília?! — perguntou, já ajeitando as compras nos armários. A caixa de ovos escapou-lhe das mãos antes que Cândida respondesse.

— Aquela inútil? No quarto!

— Mãe! Não fale desse jeito!

Mergulhava os dedos nos ovos quebrados. Cascas, claras e gemas misturavam-se pela pia, e um ruído peculiar rompia a plácida disposição do lixo. Aparecida corria a mão pelo resultado amarelo do acidente. Limpando e ao mesmo tempo sentindo a viscosidade, o cheiro... Em segundos se enojou.

— Não sei por que essa cara! Ela é uma inútil mesmo! Não me ajuda a fazer nada. Fica o dia inteiro naquele quarto, que parece mais um chiqueiro!

— Mãe, a gente já falou sobre isso um monte de vezes. A 'Tília está desempregada, tá difícil pra ela.

— Conversa mole! Está desempregada, mas não está aleijada! Pode muito bem me ajudar! — esbravejou Cândida, com justa indignação.

A torneira aberta escorreu os últimos restos de ovos pelo ralo da pia.

Aparecida não entendia esses longos corredores das casas antigas. Longo e escuro, o corredor estendia-se sórdido até o quarto de Cecília. Ela caminhava quase tateando pelas paredes. Pensativa. A mulher moribunda em seus braços, "tanta perda inútil. Ama-se, ama-se profundamente e, num instante, apenas lembrança. Depois, nem isso". Parou.

Por um momento recordou o grande amor, Ernesto. Ele encarnou Cecília. Não adiantava a amargura da mãe a lembrá-la das desonestidades dos homens. Chorava ainda por ele, escondida. Quisera entender, não entendeu. O abandono dói. "É como perder os dois braços, e aí... aí mendiga-se com a boca", refletia. "Pega-se tudo com a boca... o bom e o ruim... o limpo e o sujo... tem-se pernas, mas é inútil andar, pois não há braços para abraçar... se alguém toma seu corpo... se satisfaz sozinho..." A filha era o amor possível, não o melhor amor, apenas o possível.

Estacou silenciosa no corredor, arranhava levemente com as unhas a parede caiada. Desejava sentir alguma coisa que não fosse seus desorganizados pensamentos. Ouviu ruídos no quarto de Cecília. Sons abafados e estranhos, respiração?! Havia desejo e, parecia, volúpia no ar, gemidos. Podia adivinhar o calor de frases desconexas de amor, mas "não,

não pode ser", pensou, sem aceitar o que sabia. O coração batendo forte, as veias do pescoço saltadas, a face sanguínea alterada. As pernas ganharam força. Os passos ficaram firmes. E o corredor foi encurtando, encurtando. Ela era novamente a mulher que tentou impedir o assalto. Não importava que fora bala naquele revólver.

Parou diante da porta. Uma fresta da porta entreaberta deixava escapar uma nesga de luz que caía em Aparecida, como se fora um último carinho não percebido. Ela olhou pela fresta. Vê. Tomada pelo fato, intensa dor a invadiu. Recostou-se à parede e sentiu as lágrimas quentes brotarem dos olhos. Abraçou-se com os braços que não possuía. Agarrou-se firmemente para garantir que ainda existia, que seu corpo era real, que o que via era real. Deixou-se escorregar lentamente pela parede até agachar-se no chão. Ganiu baixinho, gemendo de dor e angústia.

———

Cecília, nua, passeava carinhosamente a língua pela pequena vulva de Tarsila. A delicadeza do cheiro, do sabor da mulher que era só sua. Parou. Um ruído. Um gemido. Era choro.

— Mãe?! — gritou espantada e estarrecida. Caminhou rapidamente até a porta e abriu-a num ímpeto. Seus olhos caíram sobre Aparecida, desfeita ao pé da parede.

— Mãe?! — não quis acreditar no que via. O coração completamente descompassado. Os olhos vermelhos de Aparecida fitando-a desesperados, vermelhos e decepcionados. A mulher era apenas dor. Súbito calor enfurecido tomou o corpo de Cecília.

— Você não tinha esse direito! — gritou, avançando para a mãe. Levantou-a do chão e a chacoalhou pelos ombros. Aparecida, inerte, chorava. Tarsila, assustada, cobriu sua nudez, improvisando tapumes com as roupas sujas encontradas no chão.

— Eu te odeio! — berrou Cecília. — Você não podia! Você não podia!

As mãos fortes comprimindo os ombros de Aparecida, que soluçava aos chacoalhões.

— Para de chorar! Para de chorar! Você está sempre sofrendo! Para! Pelo amor de Deus, para!

Aparecida, perdida em algum lugar de si mesma, chorava convulsivamente. Sentiu as mãos fortes e calosas de Cecília pegarem no seu pescoço. Elas apertam. Apertam. A voz distante da filha ficava repetindo: "Para de chorar! Para de chorar! Para!". Ela sentiu, então, a forte dor no pescoço, o sufocamento, a língua saindo para fora em busca de socorro. Não há último suspiro. De repente, num instante de duração infinita, Aparecida sentiu seu corpo afrouxando, relaxando, a imagem transtornada de desespero da filha embaçando, sumindo. E uma voz distante e inaudível, "Para de chorar, mãe...".

Cecília, aterrada, sente o peso do corpo da mãe se adensar sob suas mãos, a face arroxeada, a língua para fora, os braços estendidos ao longo do corpo. Suas mãos afrouxaram e soltaram-na. Aparecida caiu. Não é mais Aparecida, é apenas um corpo. Um corpo que não tivera braços para reagir. Não se alongara num último esforço, deixara que a dor a levasse embora.

Cecília, de mãos trêmulas, coração disparado, tinha seu olhar dividido entre o cadáver da mãe e a assustada Tarsila, que se encolhia chorando a um canto do quarto.

— Si-sila — gaguejava. — C-calma... está tudo bem...

— Aparecida? — ouve-se a voz da avó vindo do fundo do corredor, seguida do grito lancinante: — Aparecida! — Dona Cândida correu até o corpo. Atirou-se sobre ele, abraçando-o. Tentava levantá-la. Sacudiu-a, e viu a cabeça balançar inerte para os lados. — Minha filha — murmurou, uma pequena lágrima de dor escorreu-lhe tímida.

Cecília parada e catatônica.

Dona Cândida, mãe raivosa, tomada de uma energia sem igual, avançou sobre ela de mãos em riste. Como uma leoa vingando seu filhote, a mulher tinha a face enrugada num esgar, os dentes ligeiramente à mostra.

— Minha filha! — gritou numa voz rouca de ódio. — Você matou minha filha!

Cecília tentou segurá-la, quase inutilmente. Dona Cândida foi tomada de uma força indizível. As duas lutaram até que as mãos da neta chegaram ao pescoço. Aí, com muito mais força e velocidade do que fizera com a mãe, ela esganou a avó. E chegou mesmo a sentir prazer ao vê-la ajoelhada a seus pés, enquanto as suas últimas forças a abandonavam. As hercúleas mãos soltaram o pescoço de Cândida, que tombou pesada sobre o corpo de Aparecida. Um estranho e terrível abraço, sem sentido.

Tarsila gritou, gritou, gritou, distorcendo sua voz meiga e doce num urro fino e metálico. Enchera-se de dor e pânico, a sua Cecília matara.

'Tília voltou-se para ela mostrando as mãos. Tarsila continuou gritando aterrada, sentindo-se sufocar. Entretanto, ela apenas lhe mostrava as mãos, ao mesmo tempo olhava-as sem compreender, sem acreditar no que fizera. Sem acreditar... Os cadáveres empilhavam-se, as lágrimas de dor brotaram-lhe violentamente e abraçou-se na maior solidão que um ser humano houvera sentido. Uma dor que sufocava e aturdia.

Tarsila, chorando, parou de gritar. Com menos pânico olhava para a outra. A forte Cecília parecia agora apenas uma criança frágil e assustada. Frágil, pequena e sozinha no mundo, sem ninguém. Vendo-a, sentiu seu coração agigantar-se, uma força a tomou, não sabia de onde vinha. Levantou-se e caminhou até a amada. Cecília, desmanchada em lágrimas, olhou-a com dor e desespero, como a criança que pede desculpas diante de um erro muito grande cometido e prontamente castigado. Tarsila envolveu-a num abraço forte e carinhoso e ninou-a:

— Shss... shss... vai passar... pronto... acalme-se... logo vai passar...

Desejou acarinhá-la e acolhê-la, sentou-se onde deu e puxou-a meigamente para seu colo materno, amava-a. Guardava-a em seu peito, como se fosse o segredo mais íntimo que lhe fora contado pelo próprio Deus. Nem importava saber que estava sentada sobre os cadáveres. Seus olhos ora caíam sobre Cecília, ora se perdiam pelo corredor longo e escuro. Sentia um estranho poder enquanto seus dedos enveredavam pelos curtos cabelos de 'Tília, um estranho poder. Como se dos cadáveres sobreviesse uma maternidade que a invadiu e dominou. Embalava sua criança e nada mais parecia estranho, nascia-lhe a perfeita consciência de serem mulheres, vivas e mortas. Mulheres.

TRÊS HISTÓRIAS DE PAI

BRINCAR NEM SEMPRE É SAUDÁVEL. Não sei se algum dia foi. Toddy escarafunchava no quarto da mãe. Nove anos, louro. Cabelo escorrido como de índio, sardas perdidas pelo rosto onde dois olhos azuis ofuscavam quem os fixasse.

Vira o pai entrar no quarto com ele. Sabia que o escondera em algum lugar inacessível. No entanto estava ali, tinha que procurar. Revirou o maleiro do guarda-roupa, os criados-mudos, a penteadeira, mas... nada. Se alguém entrasse naquele instante, pensaria que um assalto havia ocorrido. Deu-se conta da bagunça e começou a arrumar.

— Afinal, o Toddy é um bom menino — lembrava-se do tio Chico elogiando-o. Fora este mesmo tio que o apelidara. Toddy: porque bebe muito chocolate e tem o rosto vermelho do velhinho que aparece nos rótulos dos produtos Quaker. Abel virou Toddy.

Às vezes, quando penso em Abel, logo me vem Caim à mente, mas isso deve ser um condicionamento bíblico qualquer.

Enquanto corria ajeitando uma coisa e outra, o cérebro latejava imaginando onde encontrar o precioso objeto. Sabia que não era coisa de se brincar. Era do pai.

O homem moreno e robusto olhava da porta a farra do menino. Sorria. Sorriso de dentes perfeitos. Mãos largas. Físico medido. Pensava que já fizera isso uma vez quando criança e o quanto haviam ralhado com ele, prometia agir de outra forma.

— Abel!

— Pai?!? — Toddy largou o monte de roupas amarrotadas e num átimo de segundo recordou-se do lugar que não olhara: a gaveta de cuecas. Saltou para o criado-mudo e abriu a última gaveta. Revirou as cuecas do homem, que agora o mirava assustado. Sacou de lá o 38; virou-se para ele, que, enorme, vinha em sua direção, e praticamente não precisou mirar. A mão segurou firme a arma.

— Pai, ó! Bang! Bang!

Os disparos estrondaram pelo quarto.

Caiu de joelhos em frente ao Toddy, ficaram do mesmo tamanho.

— Pai?! — murmurou Abel. — Pai?! — repetiu mecanicamente; a arma abaixada ao longo do corpo, como fazem os adultos. O homem debruçou-se morto a seus pés; agora era menor que ele. Toddy não chorou, ficou ali, olhando para o corpo. O sangue envolvendo ambos.

Horas depois, uma mulher olha a cena pela porta. Muda; muda. Loura e muda. Ele olhou-a como que explicando:

— Pai, mãe! É o pai!

E ela gritou. E gritou. E continuou gritando.

Virgínia andava estranha nos últimos tempos. Não sabia dizer exatamente por quê. Às vezes salgava a comida, n'outras esquecia o sal completamente. Pusera fogo no tapete ao deixar descuidadamente cair o cigarro aceso. Encontrava-se sentada na poltrona de couro marrom, que sempre fora de sua predileção. O olhar estava, inevitavelmente, perdido em algum horizonte que não era o seu.

Com Angélica tudo ia bem. Percebia o tratamento delicado e cuidadoso de Virgínia para com a filha. Os doze anos de cabelos castanhos compridos, tímidos, numa figura de menina que não se decidira mulher; espiava-os sempre de esguelha pelos cantos da casa. Não conhecia bem sua filha, o trabalho intenso a que se submetia não possibilitava desses poucos prazeres permitidos a um pai. Uma solteirona calada. Era assim que via a menina. Uma espécie de dor naqueles olhos redondos.

Não tinha motivos para crer no óbvio, mas... Ele as estava perdendo.

A casa pequena, de classe média, estava cada vez mais próxima. O caminho encurtava a cada passo e as ideias se tornavam menos claras. Sentia náuseas ao imaginar um dia sequer sem elas. Tinha amantes, é claro que as possuía. Todo homem que se preza deve dar suas escapulidas; não significava de modo algum que não as amasse. Não se controlava em frente a um bom "rabo de saia", não obstante queria o colo quente da mulher e o olhar tímido da filha.

Angélica parecia temê-lo, poderia entender isso, era um tanto quanto agigantado, naturalmente deveria inspirar respeito a uma criança. Ah, se soubessem o coração grande que estava escondido ali. Calou seus pensamentos mais soturnos, o dia havia sido difícil e estava cansado. O poste em frente da sua casa estava com a lâmpada queimada. A CPFL não a substituíra. Pesadas trevas enterravam a casinha, algumas luzes sufocadas vazavam pelas vidraças das janelas da fachada. Via sombras lá dentro. Sorrira diante da perspectiva de rever a família. Assistiria ao jornal na TV, e depois mergulharia nos abraços da mulher.

Abriu a porta e estacou. Virgínia, de cabelos pretos em coque, envolta num xale negro, aguardava-o de braços cruzados, no centro da sala. Duas significativas malas no chão. Angélica correu para junto dela ao ver a entrada do pai. Os olhos assustados iam de um para outro, já assistira a muitas brigas entre os dois. Não conhecia aquele homem. Aqueles olhos grandes de ogro sempre a afastaram. Assistia perplexa às atrocidades que fazia na cama com sua mãe, parecia querer devorá-la. Já era quase mocinha e tinha medo. Não sabiam que ela os espiava à noite pelo buraco da fechadura. Era animalesco. Angélica o deixaria só por isso. Porém não entendia a mãe, que dele só desejava exclusividade. Existiam outras mulheres...

Vira-o currar a mãe. Virgínia de quatro no chão, gemia baixinho. Devia ser para não a acordar. Ele urrou e urrou, enquanto gozava no lugar que não era próprio. Odiava-o por isso. Era diferente dos meninos que conhecia. O corpo peludo e grande cheirava forte, "cheirava homem", como dizia sua vizinha. Teve pesadelos com ele... devia ter sido coisa do diabo... Sentira prazer, medo, horror, enquanto nas brumas do sonho era currada. Não servia para ter filhos aquilo. Devia doer... Rezara muito para afastar aquela sensação horrível que sentia quando ele a olhava. Subia um calor estranho e a face enrubescia.

— Que acontece, Virgínia? — ouviu-o interrogando de cenho já carregado. — O que significam essas malas?

— Você já sabe o que significam! — Acentuou palavra por palavra amargamente. — Eu estou indo embora e a Angélica vai comigo!

Armou-se a discussão. Ficara a distância segura dos dois. Ele chorava ao mesmo tempo que gritava com a mulher. Ela, descontrolada, vociferava toda a verdade sobre o homem, o seu homem, que não dividia com ninguém. Via seu pai de joelhos agarrar a saia de Virgínia e implorar para que ficasse. Esta se negou. Segurou-a com força. Ela esbofeteou-o.

— Não me humilhe assim! — Este foi o último grito triste que Angélica escutou dele; começou a bater em Virgínia, aos berros. — Vagabunda!

Envolta num súbito horror, Angélica correu até a cozinha. Tomou de uma faca de picar carne e voou sobre ele. Este segurou a mão da menina; por muito pouco não o fura:

— Filha? Até você? Você, não! — chorava como louco. — Você não! — falava, inconformado.

Tomou-lhe a faca. Angélica não percebeu bem como aconteceu. Viu a mãe cair ensanguentada ao seu lado. Ele então atirou-se sobre ela, e Angélica sentiu o corpo quente caindo sobre e comprimindo o seu. O sangue da mãe a molhar seus cabelos pelo chão.

Esfregou-se sobre Angélica como um animal prestes a gozar sua carnificina. Até então, aquilo nunca havia passado por sua cabeça, parecia um porco se refestelando na lama. Num grito ela calou seus desejos:

— Pai! Não!

Trazido à realidade, desceu a faca sobre ela impiedosamente, nos braços e no ventre, não sabia quantas vezes.

Chamava-a de vagabunda até emudecer num silêncio de dor. Sentou-se em meio ao sangue. Chorou um pouco mais. Eram duas desgraçadas. Desgraçadas que iriam deixá-lo.

Respiravam... ainda respiravam.

I

Era bonito. Extremamente bonito. Os olhos negros, grandes, de brilho intenso acompanhavam os ovalados anéis dos cabelos. O sorriso, de dentes perfeitos e juntos, era só luz. A filha trouxera-o para o jantar. O rosto triangular, a cor da pele faziam-no lembrar um quadro de Girondet: *O Sono de Endymion*. Não importava que a luz elétrica que o banhava não era a da deusa Diana, como a do quadro, o efeito era densamente igual. Dava vontade de saborear aquela pele. Beijar e lambê-la delicadamente.

Mordia uma coxa de frango enquanto o observava. As mãos, bem talhadas e fortes. Que infinitos desejos já não haveriam apalpado? Não iria conversar de futebol com ele. Bem educado, sorria muito, para tudo e por tudo, mas não um sorriso qualquer, o dele fazia covinhas nas faces. Gostava da sua filha, mas, comparando-os, esta se tornava uma figura apagada e sem graça. Ele era fogo e ela era uma morna tarde de verão.

Percebeu então que, entre passar o prato de azeitonas e as fatias de pão francês, seus olhares se encontravam. "Endymion" baixava os olhos pudicos.

— A propósito, desculpe-me, mas não tenho boa memória para nomes... Como você se chama mesmo?

— Ai, pai!? — exclamou sua filha. — Acabei de falar o nome dele...

— Arthur! — respondeu, num sorriso tímido.

Ah, se aquela timidez falasse mais um pouco... Arthur. Arthur é nome de homem. Um nome ardendo na pele, no abraço, para ele seria Endymion, era Endymion lânguido se entregando à luz da lua.

Martinha fora sempre uma menina de têmpera. Menina? Moça. Mulher. Não era uma beleza extraordinária, possuía lá sua graça. Não obstante o interesse que despertava em uns e outros, era acanhada. Sua fala nem sempre era bem articulada, e o seu sorriso ficava sempre entre o desdém e o cinismo. Às vezes gargalhava, mas essa demonstração de liberdade era esporádica. Não conhecia bem Arthur, mas poderia defini-lo como arrojado. Tímido? Jamais! Apenas na aparência. Era cativante. Estava contente enquanto ouvia seu pai conversando com ele. Este era o primeiro namorado com o qual simpatizava.

Lembrava-se de outros tempos quando o pai era ranheta. Não podia conversar de maneira mais íntima com um rapaz, que já vinha ele:

— Martinha, você tem que estudar!

No fundo gostava do excesso de zelo. Sabia-se amada. Não queria ser uma adolescente tola que agride o pai. Sabia entendê-lo, só se preocupava. Sua mãe, (humpf!) quanta diferença. Eram muito amigas. Tinha-a na condição de uma igual. Aqueles seus cabelos escuros, curtos, enrolados jamais a enganaram, era passional. Mulher decidida, não falava muito. Invejava a sua força. Ela se dava bem com seu pai, mas às vezes pensava surpreender-lhe um leve tisnar de amargura na face. Nunca os vira brigar.

O jantar findava e Cecília se punha a tirar a mesa, prestamente Arthur a ajudou. O rapaz era simpático. Quem sabe Martinha haveria acertado a mão?

II

Era o pai de Martinha, isso não podia esquecer. Ele o havia olhado de forma diferente. Não queria entender aqueles olhos gulosos.

— Calma, Arthur — dizia a si mesmo. — Deixa de ser besta, rapaz! Isto não tem razão de ser!

Bem, mas e se o pai de Martinha fosse mesmo viado? Sentiu um secreto prazer nisso. Um prazer que não se confessava. Ser desejado por um homem mais velho. Esfogueá-lo, deixá-lo teso, louco... Haveria coisa mais viril do que dominar outro homem na cama? Não era um alguém qualquer. Um homem culto, inteligente, maduro, bonito. E ele poderia tê-lo, assim, de quatro na sua frente. Riu da possibilidade. Apertou o passo, sua casa era distante.

Um carro grande e reluzente parou a seu lado. Estremeceu, era ele.

— Entre, Arthur, eu te levo pra casa.

— Não precisa se incomodar, vou bem sozinho...

— Que é isso rapaz, entre aqui, saí de casa apenas para te levar. Desculpe não ter me oferecido antes, foi indelicadeza da minha parte.

Entrou no carro. Não queria respirar. Não queria piscar, sorrir. O estofamento cor chumbo deixava seus pensamentos cinzentos. Começou a convencer-se de que estava sendo apenas simpático. O silêncio os aproxima. Não havia fala mais clara que a ausência desta. Apenas o rumor do trânsito de final de noite e a respiração ritmada e difícil, desconfortável.

— Quantos anos você tem, Arthur?
— Vinte... a Martinha tem dezessete, mas...
— Esquece a Martinha... — falou mansamente.
O rapaz mirou-o. Mediu-o. Sorriu, fazendo covinhas na face.
— Arthur... eu não sei o que estou fazendo...
— Está me levando pra casa.
— É... estou te levando pra casa...
E levou.

III

A noite havia sido muito longa. Tivera um sono agitado. Fora acordado por Cecília, que, preocupada, queria saber quem era Endymion, pois gritara o nome uma ou duas vezes. Disse-lhe que era um nome grego qualquer e que não se recordava do pesadelo. Mentira, lembrava-se, e o pesadelo era bom. Ah, que bom pesadelo. No decorrer da semana, Arthur passara por lá à tardinha todos os dias. Martinha o recebia contente e acreditava que o namoro ia bem. O danado do rapaz o olhava e às vezes abria um sorriso, que antes de ser tímido era safado; safado e úmido. Com a umidade abrasiva de uma língua vermelha passada com calma pelos lábios, delineados e grossos. Queria-o. Agora sabia.

Enquanto isso, Cecília não reconhecia mais seu homem na cama. Percebia que ele estava visivelmente se esforçando. Numa noite suada qualquer, empurrou-o para o lado com um refrão bem conhecido:

— Quando você esquecer a outra, me procure...

Suspirou. Sozinho não iria suportar. Se ao menos pudesse falar com alguém...

IV

Martinha era uma graça. Porém, comum. Não a queria. Sabia que se enamorara da ideia de ter o pai e não a filha. Sonhava com o momento de penetrá-lo. Abrir suas coxas e enfiar-se até o fim, sem pena. Era desejado. Essa fantasia era o seu delírio. Sabia que era desejado e desejado do jeito que pudesse sê-lo. O homem o queria e era indisfarçável. Brincava com o pênis enquanto pensava nele.

V

Alguém tocava a campainha. Espiou pela vidraça. Era Arthur em sua visita diária. Não sabia se abriria ou não a porta. Estava sozinho na casa. Desanuviou-se, acenou para o rapaz da janela do primeiro andar e desceu. Respirou fundo, contou até três e deixou-o entrar.

— Oi, como vai o senhor, tudo bem?
— Olá, Arthur! Entre e fique à vontade. — Fechou a porta.
— Martinha?
— Foi ao mercado com a mãe, não devem voltar logo, pois foram há pouco. Sente-se...
— Talvez fosse melhor eu...
— Fique, não é preciso ter medo.

Sentou-se ao lado de Arthur no sofá, a luz mortiça do fim do dia era o prelúdio perfeito de que precisavam. Ficou olhando para as mãos do "menino", caídas sobre as coxas, apoiando a base do membro, que parecia volumoso. Engolira em seco olhando aquelas mãos. Endymion olhou-o e estendeu a mão espalmada, larga e... gostosa. Tomou-a entre as suas. Beijou-a com infinito carinho. Cheirou-a.

— E Martinha? — perguntou-lhe o moço.

Estremeceu.

— Por favor, não me pergunte coisas que não posso resolver. Só sei o que posso agora...

Beijou-o na boca. Nunca sentira tanta sede por uma língua, sugou-a como se fosse um prêmio bom. A saliva era doce. O cheiro dos dois confundiu-se num abraço. Num momento se esfregavam ardentemente, noutro ele abria sofregamente o zíper do jeans preto de Arthur, que, sentado de pernas abertas, aguardava a boca gulosa do amante. Esta não se fez esperar, num instante engoliu-lhe o pênis. Pênis? Pinto! Pinto, duro, ereto, roliço e quente. Salivava como um animal que comesse carne fresca. Desejava sugá-lo, fazer parte dele. Arthur gemia e, com a camisa aberta, mostrava o peito largo e liso; os olhos brilhavam de prazer; não sabia por que, mas adorava vê-lo ali, ajoelhado à sua frente, devorando-o. Gostava daquela boca na sua rola e a queria mais e mais.

Despiram-se rapidamente. Arthur deitou-o de costas para o chão e com as pernas voltadas para cima, deixando à mostra o que o interessava. O moço repentinamente sentiu-se atraído por uma loucura, queria retribuir a oralidade. Mordiscou a região em volta do sexo do outro e, respirando bem junto dali para que sentisse o ar quente, desceu com a língua para junto do... ânus? Cu! Passou-a úmida e delicada, o velho fremia, enfiou-se entre as coxas e deixou-se esquecer com a boca e a língua ali. O homem arfava de prazer, enlouquecia, não podia crer em tanta volúpia numa boca tão jovem. Gritou, gemeu, perdeu a noção completa de tudo:

— Me fode! Me fode! Enfia essa rola no meu cu!

O moço sorria e lambia-o com mais voracidade, penetrando-o, quanto podia, com a língua.

— Por favor, pare com esse sofrimento, me enfia, eu não aguento mais...

Arthur atendeu-o, ajeitou o membro com a mão e o viu desaparecer dentro do cu do outro, que respirou desafogado, abraçando-o com as pernas. Não havia dificuldades de penetração. Apenas queria prolongar ao máximo. Adorou senti-lo gozando e sofrendo por isso. Depois de alguns minutos, o cheiro de sexo exalado por ambos envolvia a sala; a noite quase caía de todo e a penumbra era densa. Percebeu o rosto do rapaz se consternando, o pinto rijo dentro de si, vibrando, abraçou-o mais forte e o ajudou:

— Goza, Endymion, goza! — Os gemidos de Arthur eram sufocados pela sua boca, sugando-lhe todo o ar. Este retirou o membro do cu e terminou de gozar em cima do homem, que, satisfeito, lambia os restos. O moço não fez por menos, colocou-o de quatro e penetrou-o novamente, recomeçando o ritmo de vai e vem...

A porta da sala abriu-se. Acenderam a luz. Cecília e Martinha estacaram diante da cena. A mulher, lívida e trêmula, passou por eles e subiu às pressas para o andar superior. Martinha ficou apenas olhando e começou a se explicar:

— ...é que a gente esqueceu a carteira em casa e...

Arthur ainda estava perdido entre as pernas do outro.

— Filha! — exclamou, levantando-se e cobrindo-se com as roupas como pôde. — Eu... eu posso explicar... não sei como, mas posso... Arthur?

— Viado desgraçado! — gritou Cecília, descendo a escadaria a toda velocidade. — Eu te mato, seu filho da puta!

Martinha, sem pensar, correu para impedir a mãe. Esta apoiou a arma com as duas mãos e mirou no homem, que tentava correr. Mas a mão da filha a desequilibrou e o tiro que iria atingi-lo nas costas foi amparado pela bunda. Ele caiu, de quatro no chão, mas, agora, menos feliz.

— Não, mãe! É o pai! — pediu Martinha.

Cecília vociferou um monte de impropérios contra os dois. A menina, chorando, não viu mais nada.

— Mãe, é o pai! — Como se tentasse se convencer.

Foi até o homem caído, abraçou-o e chorou:

— Pai, paizinho, por quê?

— Filha...

Todas as explicações eram inúteis. Arthur vestia-se; vizinhos chegavam e se ouviam as sirenes da polícia e da ambulância.

Cecília ficou parada, em pé na porta, com a arma ao longo do corpo, como fazem os adultos.

MARCADO NA PELE

KLEBERSON JÁ HAVIA SE ACOSTUMADO ao cheiro de barata do lugar e ao barulhinho da máquina do tatuador. Descobrira, pouco depois de chegar a São Paulo, o estúdio de tatuagens ali na Consolação. Uma porta pequena para a rua, dando para uma escada, levava para o primeiro andar de um comércio velho. A escada era meio escura. Iluminada por uma lâmpada incandescente dependurada do alto teto. Alguém havia pintado tudo de preto, que é uma cor tão higiênica quanto a branca. A diferença é que uma mostra toda a sujeira e a outra esconde. O lugar nem era sujo demais. Bill, o apelido de William Roberto Pereira da Silva, era o artista; fizera há muito tempo a sua reputação ali. Não se sabe se porque desejava mais espaço para tatuar, ou apenas porque comera muito, engordara demasiado desde que se conheceram.

Com habilidade, o tatuador trabalhava nas suas costas brancas. Sempre ficara espantado com a brancura daquela pele, parecia translúcida. Tudo o que era desenhado nela se destacava. Kleberson estava terminando um grande mosaico começado vinte anos antes. Quarenta quadrados com um xis no meio. Cada um representava seis meses desde a sua chegada. Fizera um por vez, a cada semestre. A arte começou nas costas na altura dos ombros. Na primeira fileira os quadradinhos possuíam um tamanho razoável, quase como um porta-copos. A intenção era marcar o tempo, as alegrias e sofrimentos vividos na cidade grande.

 O tempo passou e, naquele momento, Bill estava terminando o quadragésimo. Oito fileiras de cinco quadradinhos cada. Entretanto, tiveram de ir diminuindo de tamanho conforme o tempo passara, pois o dono do corpo não tinha pensado em ficar tanto tempo na cidade, e o espaço nas costas rareava. Ainda assim, não era um trabalho feio ou desprovido de arte. Passara da empolgação feliz do primeiro rabisco da primeira tatuagem ao desânimo resignado do último traço da última realização. No entorno da maca revestida de *courvin* preto onde se deitava, além dos instrumentos do tatuador, as imagens de vários desenhos e artes jaziam dependuradas pelas paredes. Fotografias e imaginários pertencentes ao supostamente marginal universo da tatuagem abundavam no local. Quase não havia mais espaço no preto das paredes e, aos poucos, deixavam de ser tão escuras para se tornarem uma espécie de maravilhoso show do grotesco, cheias de figuras amareladas pelo tempo.

 Algumas imagens estavam lá desde a primeira vez. Junto do olhar empolgado do primeiro traço do primeiro quadrado, Kleberson se deixou levar pela beleza e magia de todas elas. E, além do seu plano inicial, decidiu dar a si mesmo, a título de incentivo, um presente: tatuou no ombro esquerdo um unicórnio belíssimo. Não era um ser mitológico cheio de magia e segredos, não. Era mais filiado à animação da TV *Meu Querido Pônei*, e, pouco acima dele, pediu que fizesse um pequeno arco-íris. O tatuador estranhou o gosto do rapaz, mas fez o desenho e a arte ficou ótima. Saiu de lá muito feliz. Assim que pôde, colocou o braço para fora, buscando a admiração dos passantes na avenida Paulista. Rapidamente aprendeu que nem todos têm bom humor ou ingenuidade, sempre alguém dava um risinho cretino e continuava passando. Kleberson ficou chateado no começo, depois torcia apenas para ser ignorado. Não ficou arrependido das suas tatuagens. Recusava-se a baixar a cabeça para "esse povinho da cidade grande".

Logo vieram outras *tattoos*, agora já estava ficando íntimo delas. Tão íntimo que resolveu fazer uma para cada momento importante que tivesse: um novo emprego, a saída do emprego ruim, o começo de um namoro, o fim de outro namoro, o dia de uma conquista especial. Pensou em tatuar o retrato da mãe, mas não tinha dinheiro para tanto. Então mandou escrever "Mãe só tem uma: Dona Rosângela". A mesma Dona Rosângela com a qual só conversava às vezes por telefone. Já que escrever e rabiscar era mais barato, decidiu tatuar o nome das namoradas. Mal começava um namoro e mandava escrever o nome. O primeiro foi da Thayane, ficava do lado esquerdo, no alto das costelas, começou com letras grandes. E depois Inezinha, Michelle, Lara, Jussara, Dafne, Carla Júlia, Marilu, Vera Lúcia... A sucessão de namoradas levou a uma escada descendente de nomes cada vez menores. A cada namoro terminado ele mandava passar um risco sobre a *tattoo* da malvada que o desprezara.

Junto das mulheres da sua vida, veio a imagem de Nossa Senhora Aparecida, gravada no ombro direito. O tatuador sugeriu algum outro lugar qualquer, mas ele estava decidido. Não importando a fé, de longe a imagem parecia um triângulo azul com um traço marrom no meio. Nas panturrilhas foi logo botando umas tribais e as repetiu também em torno dos pulsos. Lembrava um gladiador romano, ou um escravizado antigo com braceletes aos quais se conectavam correntes. Chegou a fazer uma serpente se enrolando na sua cintura com a cabeça descendo em direção ao pinto. Em meio aos pentelhos, parecia que a cobra ia se esconder no mato. Depois veio a águia, no dia em que conseguiu uma suada promoção. Havia se tornado chefe de seção do *call center*, no qual até então era vendedor de serviços de internet. Enfim, o curso de administração que fizera tinha valido a pena. A mudança do salário era pequena, mas pagou a tatuagem em seis vezes.

Ainda vieram muitas outras, a que mais se destacou foi o Cristo Crucificado cobrindo quase todo o peito. Era uma imagem muito bela, cheia de sangue e dor; e pagou-a com muito sacrifício. O tatuador mandara-o voltar a cada seis meses durante dois anos para completar a obra de arte, não porque o trabalho fosse tão difícil, mas para ter certeza de que Kleberson pagaria tudo certinho até o fim. Depois veio a fase dos dragões. Ao todo eram seis, em forma de serpente, aqueles chineses clássicos, realizados em preto azul e vermelho. Ele era todo satisfação.

Sempre voltara com muito gosto ao tatuador. Depois de dezenove anos, já parecia mais abatido. Entretanto, ainda sentia muito prazer em realizar algo novo. Às vezes dizia que aquilo era a coisa mais importante da sua vida. Essa afirmação vinha seguida sempre de um emprego perdido, ou da expulsão de alguma quitinete, república ou pensão por falta de pagamento. Ele não era um mau rapaz, mas vivia sozinho em São Paulo, sem parentes, poucos amigos. Amigos?! Os de São Paulo falam "oi" no trabalho, até saem contigo, mas nunca te convidam para ir à casa deles e nem para se tornarem íntimos.

    Kleberson nem se lembrava de quantas namoradas ele não sabia onde moravam, ainda assim tinha o nome delas gravado na carne. Passara anos buscando vencer na vida, conquistar amores e fazer amigos. E notara que estava irremediavelmente sozinho no Dia dos Namorados, no Natal e às vezes até mesmo no Ano Novo. A cidade não perdoava o fracasso, e por mais que lutasse, ele não era diferente da multidão que entrava no metrô ou pegava o trem para a periferia e os subúrbios. Todos tinham a mesma cara que a dele. Entretanto, só ele tinha aquelas tatuagens. Qualquer um pode ser tatuado inteiro, mas só ele possuía aquela coleção de escritos e imagens. Tornara-se único de alguma forma. A intenção nem tinha sido essa, mas agora, no resumo de uma vida, era o que ele tinha de seu.

    E neste dia em que encontramos Bill e Kleberson, ele, além do quadragésimo quadradinho, queria fazer uma bela tatuagem no lado esquerdo do peito. Ficaria um pouco para cima do braço da cruz de Cristo. Já amadurecera a ideia em casa, seria o Papai Noel da Coca-Cola, o bom velhinho, branco, de barba branca, roupa vermelha com aquele eterno "Ho, ho, ho!" colado no rosto. Novamente o tatuador questionou-o para verificar se tinha certeza. Era inútil, ele sempre tinha certeza.

    — Mas para que você quer fazer o Papai Noel da Coca-Cola?! Não vai combinar nem com o Cristo nem com o Unicórnio!

    — Não me importo, só quero que, quando me olhem, se lembrem do Natal! E que neste instante estejam comigo e seja Natal.

— Ahhh — fez o Bill, descrente —, que coisa bonita... E com quem você irá passar o Natal?! Já tá logo ali — lembrou a proximidade da data.

— Ainda com ninguém. Não tenho dinheiro para ir pra casa da minha mãe, não tenho namorada e os amigos irão passar com a família ou viajando.

— Tem sido sempre assim? — questionou o tatuador.

— Às vezes sim, às vezes não. Mas acho que sempre estou só no Natal. Dos vinte anos que te conheço, pelo menos dezessete passei sozinho. Sem ceia, sem almoço com um monte de gente.

O artista tentou consolá-lo:

— Também não tem sido muito diferente para mim...

— Vamos passar juntos esse ano?! — propôs, alegrando-se com a ideia.

— Não — respondeu Bill. — Já tenho compromisso. Vamos deixar para outro ano, não é mesmo?!

A resposta, ainda que esperada, pois se tornara experiente em ser posto de lado, foi como uma facada. E decidiu de imediato:

— Faça seis Papais Noéis!

— Mas onde?! Não tem muito espaço! — questionou o tatuador, desconfiando da atitude estranha. E ouviu a ordem, vinda numa voz de pouco caso, quase blasé:

— Tem um monte de espaço, faça menorzinho onde não couber do tamanho original.

Nada mais restava do que concordar,

— Está bem! Não sei se é a melhor escolha! Mas, pagando bem, que mal tem...

Pela primeira vez Kleberson ficou em silêncio, amuado, enquanto o trabalho era terminado. Precisariam de algumas sessões a mais para completar o pedido. Não se fez de difícil, foi e voltou quantas vezes foi necessário. Já ao sair dali no primeiro momento, arrependera-se do seu rompante, entretanto, voltar atrás seria dar mostras de fraqueza. Era um homem maduro, interessante, e tomava apenas as melhores decisões. Isso dizia de si para consigo mesmo.

Bill não desejou demonstrar, mas teve pena do cliente. Ficou ensimesmado ao finalizar o primeiro Papai Noel e levá-lo até a porta de saída. Depois de tantos anos de clientela, já se sentia praticamente amigo. Sentou-se em meio ao espaço recoberto de beleza e grotesco. Uma fraca lâmpada incandescente fazia atmosfera para ele tomar seu uisquinho. Sentia-se um homem de sorte, pois, logo ao chegar à cidade, conseguira um espaço para atuar. E sabia que não havia feito grande coisa na vida. Entretanto fizera bem-feito a mesma coisa todos os dias. Muita gente faz isso, e nem sempre dá certo. Tivera sorte também. E era isso que o incomodava. Kleberson era um homem realmente esforçado e íntegro. Talvez não devesse ter insistido tanto em ficar em São Paulo. Talvez devesse ter ido embora logo nas primeiras dificuldades. Sabia também que o mundo é cruel, pois, se desiste rápido, dizem que não é perseverante. Se esmorece, dizem que não gosta de trabalhar. E, quando volta para a família, sempre será o fracassado recolhido que voltou ao lar. Não importa quanto sucesso tenha depois, sempre restará o fracasso de São Paulo, aquilo que poderia ter sido e não foi.

Nisso, morar ali no estúdio da Consolação foi útil. Via todos os dias e todas as noites pessoas deslumbradas. Uns chegando agora, outros há mais tempo e outros ainda drogados, alcoolizados e já jogados no chão. E havia aqueles que conhecera com o tempo, não porque quisesse, mas por força das circunstâncias, os marginais. Os bandidos realmente dignos desse nome. Tinha clientes que viviam nos Jardins, que nem era tão distante, mas os graúdos viviam em Moema e trabalhavam na Faria Lima. Se é que dá para chamar o que fazem de trabalho. E assim pensando, sem notar, uma ideia veio se insinuando em sua cabeça. Talvez ela tenha sempre estado ali e não tenha percebido. Ele tinha uma encomenda feita há muito tempo, de difícil concretização. Somente agora percebia que Kleberson poderia se dar bem. Suas tatuagens foram as escolhas mais burras que poderia fazer, no entanto, poderiam salvá-lo daquela vida. Num estalo se lembrou de um nome e foi procurá-lo no fichário antigo e amarelado.

Telefonou, temendo que o número tivesse mudado. Mas não. Mal cumprimentou quem estava do outro lado da linha, interessava ir logo aos negócios:

— ... então... A encomenda que você fez pr'aquele bacana demorou, mas apareceu... Estou com nome, endereço e telefone dele... Anota aí, Kleberson... Não, não precisa me pagar nada, não! Se é um desafeto? Não, muito pelo contrário... Trinta por cento?! Fala sério, é muito dinheiro! Não precisa, não... Então, vou aceitar... Ok! Ok! Ó, mas liga pro cara, hein?! Falou!

Desligou o telefone esfregando as mãos de contentamento, sem acreditar que havia ganhado uma bolada daquelas sem fazer absolutamente nada. As mãos suadas, o coração disparado. Estava rindo sozinho. Até pensou em dar um grito de alegria. Em meio à boa nova, de repente se preocupou, teria feito a coisa certa? Tentou desanuviar tomando mais um uisquinho. Se ele iria ganhar aquela grana toda, a sorte desta vez tinha sorrido para Kleberson. Escolheu acreditar nisso. Ainda não havia pensado bem no assunto. Afinal, sempre tinha achado que era lenda urbana. E agora, de si para si, dizia com certa admiração: "São Paulo tem de tudo...". Iria terminar o trabalho todo antes de lhe contar. Ou melhor, nem contaria, seria melhor deixar que se virasse com o cara que iria fazer o contato. Seria a sua fada boa e ele nem imaginaria. Nada como fazer uma boa ação na época do Natal.

Três semanas depois, Kleberson, ainda um tanto quanto eufórico, apareceu no estúdio sem avisar. Por sorte, Bill estava sem clientes naquele fim de tarde e, quando se deu conta, estava sendo abraçado. Foi amistoso, mas prontamente se desvencilhou do abraço um tanto quanto desconfortável:

— Mano! Muito obrigado! — agradeceu Kleberson. — Nem sei como te explicar. Mas o seu trabalho está valendo milhões! E querem a minha pele!

O tatuador se fez de desentendido, "Como assim, querem a sua pele?!", o outro explicou afobado:

— Ainda ontem um japonês bateu na porta da minha quitinete. Estranhei, pois o porteiro não interfonou. Como ele conseguiu subir não sei. — E, quase sem conseguir explicar, irrompeu: — Cara! Você não vai acreditar! Um treco mó estranho! A empresa em que ele trabalha lá no Japão, a Yakuza, faz uns investimentos no mundo inteiro. E eles pagam por peles tatuadas...

— Não acredito... — fez o Bill, sabendo a verdade.

— Acredite! — respondeu, muito empolgado. — Mano, vão me dar um milhão!

— Não pode ser! Em troca da sua pele? Mas como você vai viver sem ela?! — Fez-se de ignorante. — Esse é um treco perigoso.

— Não, larga de ser besta! Só vão arrancar minha pele quando eu morrer!

— Ué?! E vai ganhar um milhão pra esperar?!

— Não — esclareceu Kleberson —, ganhei um milhão por ter assinado o contrato doando minha pele para eles. Agora é só viver e conservar minhas tatuagenzinhas queridas! Logo, logo virei fazer uns retoques!

E Bill, escondendo sua secreta satisfação, comentou como qualquer outro amigo faria:

— Sei não... Já assinou?! Tem de tomar cuidado com essas coisas...

— Deixa disso! Os japoneses são sérios! Eles prometeram esperar, e vão esperar.

E, por fim, o inédito aconteceu, parecia que a amizade realmente despontara. Dias depois passaram juntos, ali mesmo no estúdio, a ceia de Natal. E Bill, que mentira sobre ter um compromisso para a data, dissera simplesmente que fora "desconvidado". Nenhum dos dois ainda recebera o dinheiro, mas já estavam gastando por conta. Encomendaram umas comidinhas, peru assado, pernil de porco, arroz com passas, maionese, uma farofinha, uns espumantes... E muita conversa fiada sobre as mulheres malvadas que os abandonaram. Na opinião, deles todas eram interesseiras, e por isso no novo ano se dariam bem. Agora estavam cheios de dinheiro. Até combinaram em frequentar o Spot, um restaurante conhecido pela frequência chique, próximo à avenida Paulista.

Na noite do réveillon, Kleberson não apareceu. O combinado era passarem a virada do ano nos Jardins, bebendo espumantes baratos na calçada enquanto viam os fogos queimarem. Inutilmente, Bill telefonou. Só dava caixa de mensagens. Estranhou, mas não iria até onde ele morava, então ficou tentando e tentando o celular, enquanto xingava o amigo, "Filho da puta, me deixou sozinho!". E, por fim, se cansou. Viu espocarem os fogos de artifício, cumprimentou os passantes que não estavam nem aí para aquele bêbado. Enquanto ele contabilizava mais um vazio para a coleção.

Na semana seguinte o ano começara efetivamente. Voltara ao trabalho das tatuagens com afinco. Todo dia tinha alguém ansioso por carregar marcas, desenhos, linhas perdidas pelo corpo. Todos os dias vinha alguém com um sonho, e Bill se esforçava por transformá-lo em realidade. Entravam e saíam do seu estúdio. E isso o deixou bem feliz, pois as semanas adentraram o ano, e logo os meses, e a promessa que recebera de 30% do valor do contrato não se concretizara. Teria Kleberson desistido e ido embora? Nunca mais atendeu o telefone, e também não veio retocar nenhuma tatuagem. Até ligou para o número do cliente que desejava a pele do amigo, mas ninguém atendeu. Era bem provável que tivesse feito o que todos fazem quando ganham muito dinheiro, mudou de endereço e de amigos. E o que é pior, ainda deu um jeito de ficar com a sua parte do dinheiro.

Aos poucos voltou ao que sabia fazer de melhor, o mesmo, sempre o mesmo. E tudo o que saía da rotina, na rotina desaparecia. Após seis meses dos acontecimentos, instintivamente aguardou o antigo cliente. Viria fazer mais um quadradinho naquela pele branca? Novamente os dias passaram enquanto ele pensava na vacuidade da vida. Tantas pessoas passeavam pelas ruas marcadas por ele, enquanto lhe restava a solidão do estúdio todas as noites. Tantos admiravam o seu trabalho, entretanto, só aquelas velhas paredes sujas o olhavam com alguma condescendência.

Em meio à noite de dezembro, enquanto bebia seu uisquinho e tragava lentamente o cigarro solitário, o telefone tocou. Atendeu sem pressa:

— Quem?... Ah, você... Caralho, quanto tempo?!... Mano, festa de fim de ano da sua empresa?! Aí na Faria Lima?! Pô, demorô, tô dentro... Muita champanhe... Uísque escocês! Mulherada... Ah, a mulherada não é pra mim?! Ok, ok, vou assim mesmo!

Bill procurou a sua melhor roupa no armário, afinal, não era um evento qualquer. Era uma festa na cobertura de uma empresa importante na avenida Faria Lima. Com certeza iria ter até champanhe com ostras. Odiava ostras, mas faria uma concessão para o espumante importado. Foi para o metrô, linha verde, linha amarela e num instante já estava por lá. Caminhou um pouco até chegar ao prédio. Parou em frente àquela maravilha arquitetônica. Olhou-a de baixo para cima. Ainda se espantava como um interiorano que acabara de chegar à grande cidade, e se perguntava quem projetava aquelas maravilhas. Pareciam feitas para demonstrar poder. Ao mesmo tempo, pessoas pequenas e simples como ele se sentiam maiores só de estarem perto daqueles edifícios, e parecia que suas esperanças de uma vida melhor não eram tão descabidas. Este era o charme da avenida Paulista, um monte de gente ia para lá apenas para passear à sombra da riqueza. E aos poucos a riqueza maior se transferira para outro lugar, o verdadeiro poder vinha deste novo endereço. E Bill estava bem em frente a ele.

A beleza de São Paulo é que às vezes, somente às vezes, o pobre sente que foi agraciado, reconfortado pelo convite de um evento. E desta forma acredita participar da riqueza. Só aos poucos percebe que apenas jovens bonitos que são convidados, descolados e antenados darão notícia nas redes e nas TVs; e estes levam consigo alguns agregados, personagens marginais da sociedade que comem e bebem as migalhas. O tatuador não era ingênuo, não depois de mais de vinte anos em São Paulo. Não sabia ao certo por que fora convidado, porém não perderia uma festa por nada. E dizia-se: "Fodam-se, *farialimers*!".

Deu alguns passos até a portaria, registrou-se, tiraram sua foto, informou do que se tratava, buscaram seu nome numa lista, e, enfim, foi admitido no local. Acumulou-se no elevador junto com outras pessoas, rapazes e mulheres muito bem-vestidos e já um pouco "alegres". Quisera tanto estar ali que nem tomou um "esquenta", talvez fosse receio de não aproveitar tudo o que a festa iria oferecer. O convite foi muito em cima da hora e a festa já ia adiantada, pois costumam começar logo após o expediente e já eram quase onze da noite. Saíram do elevador.

Bill já foi olhando no entorno, entretanto, não conhecia ninguém. O último andar não era uma cobertura com piscina como pensou, mas um grande conjunto aberto de escritórios e algumas salas de chefia envidraçadas. Tudo decorado com móveis, quadros, tapetes etc., ao estilo dos anos 1970. Tudo era novo, mas lhe parecia velho, extremamente velho. Se sentia um pouco fora do padrão do lugar. Estava bem-vestido, mas era bem-vestido padrão Renner, Riachuelo, C&A. Pelo pouco que podia ver e reconhecer nos funcionários menos graduados, estavam de Tommy Hilfiger, Brooksfield, Hugo Boss, marcas muito caras para ele. Porém, não tinha condições de reconhecer os Lagerfeld, nem os Ralph Lauren, Gucci, Oscar de La Renta, Dolce & Gabbana e outros que ainda eram talentos promissores extremamente caros. Usassem o que usassem, as grifes já estavam embebidas em champanhe, uísque, gin... E, sim, havia ostras e mais ostras.

Quando bebem, ricos, pseudorricos, agregados e pobres se igualam. Se parecem e até mesmo se esquecem de quem são, do que podem, do que não podem. Falam alto, gargalham estrondosamente e acreditam que qualquer coisa é digna de graça. Todos sentem que são o máximo enquanto o álcool sobe. Até a música que ouvem é a mesma, quando perdem os limites é funk carioca que ouvem, e dançam e se esfregam e rolam pelo chão e sofás. Era uma santa ceia estranha, pois os pobres faziam parte do cardápio.

Bill entrou exatamente quando um grupo brincava de ver um rapaz fazendo striptease, e nem era profissional. Era o primeiro daquela noite, mas não seria o último. Foi andando, logo estava no centro da grande sala. Todos se mostravam felizes. Ao fundo, atrás dele, dois pequenos abajures com imagens bastante coloridas fazendo parte da decoração de Natal, um de cada lado do sofá; não chamavam de todo a atenção, pois havia coisas mais interessantes acontecendo. Logo ali ao lado, uma grande árvore de Natal. E as diversas caixas vazias, de todos os tamanhos, papéis, fitas, sacolas plásticas, demonstravam que antes de tudo ocorrera um Amigo Secreto típico desta época do ano. Onde a brincadeira é revelar quem é quem. Só diversão, pois ninguém quer saber quem é quem.

Olhava em volta e o amigo que o convidara não parecia estar em lugar nenhum. Mal chegara e o garçom já lhe pusera uma taça na mão. E esta mui rapidamente foi trocada por outra, e outra e outra e mais outra. E depois vieram os uísques. Logo, Bill estava rindo, sorrindo e gargalhando. Com o passar das horas se sentia formigar de tanto álcool. Não importava o que fizesse, ninguém queria saber muito dele. Nem as mulheres nem os homens. Ali num sofá tinha uma buceta sendo gulosamente chupada num revezamento do qual ele fora excluído; mais ali num canto, um rapazinho estava servindo três ao mesmo tempo, e também já não cabia ele. Não importava por onde rodasse, sobrara-lhe apenas a comida e o álcool. Quem diria, até pessoas bêbadas andam com gosto social ultimamente. Dançou e dançou, ninguém lhe disse que estava grotesco rebolando, mas se sentiu assim. E logo iria entrar na fase da bebedeira em que a tristeza bate.

Buscou um lugar para se sentar. Encontrou o sofá entre os dois abajures natalinos, cuja luz era reconfortante. As roupas do stripper improvisado ainda estavam ali. Jogou-as no chão. Serviu-se de um farto copo de uísque oferecido pelo garçom. Tomava-o a goles pequenos. Observava a orgia dantesca à sua volta. Os funcionários de respeito há muito haviam ido para casa. Ficaram os poderosos e as poderosas, e os que não conseguiam mais sair dali sem ajuda. E outros que, como Bill, procuravam alguma inspiração para continuar fazendo o mesmo no dia seguinte. A música aquietara-se, e puseram um jazz que às vezes era agitado e às vezes era nostálgico e soturno.

— Que abajur ridículo! — comentou uma moça vestida de vermelho, abraçada em outra de verde. Trôpegas, apoiavam-se. Em pé, olhando o que de alguma forma lhes causava espanto.

— O outro não é nada melhor! — emendou a de verde, apontando.

E o olhar de Bill, instintivamente, acompanhou os comentários, sem de todo prestar atenção nos objetos:

— Cara! Que esdrúxulo! Tem vários Papais Noéis da Coca-Cola, pedaços de uma cobra, mistura de tribal com um monte de nomes riscados...

E a de verde, largando a amiga, foi até o outro lado do sofá e, curiosa, olhou o abajur em todo seu entorno:

— Cruzes! Que cafona!! — completou. — Será que nos anos setenta usavam mesmo umas coisas assim?!

— Não sei! — respondeu a moça de vermelho. — Eu não tinha nascido!

Bill tentou calcular as suas idades enquanto se afastavam dali, mas foi inútil. Talvez tivessem nascido depois dos anos 2000, um pouco antes, talvez. Olhava-as com os olhos embaçados e cansados. Ele havia nascido nos anos 1980, por isso sabia que o mau gosto dos anos 1970 não era tão grande assim. De que adianta o dinheiro se as pessoas são desprovidas de senso estético e de qualidades artísticas?!, perguntava-se, sem atinar com uma resposta. "Os ricos do Brasil não têm classe, não têm cultura...", vinha à sua mente a frase de um cliente que era aluno da USP. Olhou para o abajur com atenção. E o senso estético dos ricos não parecia tão ruim, pois era recoberto por desenhos de estilo *tattoo*, entretanto seus olhos estavam parecendo recobertos por areia. A vista embaçada, o álcool enfim o abatendo.

E, entre as muitas coisas que presenciara naquela noite e as muitas lembranças que lhe vinham à mente naquele momento embebido em uísque escocês, uma delas lhe chegou aos lábios: "Kleberson, meu amigo, que fim você levou?! Você iria gostar de estar aqui agora!". Ainda, como que por instinto, pegou o celular e ligou para ele. "Este número não existe", informou a voz da operadora do celular. Olhou o aparelho. Desligou. Ficou ensimesmado. E, ainda que faltassem dois dias, disse, pois não importava o dia exato: "Feliz Natal!". Como não tinha com quem brindar, voltou-se para um dos abajures e levantou o copo. Por um instante sentiu, intuiu a penumbrosa verdade e disse uma segunda vez, agora de forma mais íntima: "Feliz Natal, meu amigo... abajur...".

Caiu num choro doloroso e convulsivo. Era o último estágio da bebedeira. Entorpecido, anestesiado de todo para a vida. Talvez em algum lugar de si, ele soubesse o que não gostaria de saber. Visse o que não gostaria de ver. Talvez todos vissem. Talvez todos vejam. Talvez todos saibam. Mas fingem não se importar, para que as suas chances continuem a existir. E surdos não se ouvem nem se lembram: "É misericórdia que quero…".

SILÊNCIO

COMO VOCÊ SABE O QUE É CERTO OU ERRADO? Foi sua mãe que disse? Teu pai que ensinou, ou aprendeu na igreja? Ou, ainda pior, foi na creche ou na escola? Quem te disse o que é certo?! Certo é o que faz sentido, mesmo que não faça para os outros. A gente nasce com ouvidos, mas não é para ouvir os outros, é para ter cuidado com eles. É preciso ouvir quando estão chegando. É preciso ouvir aquele murmúrio horrendo das suas palavras. Como gralhas infernais, ficam grasnando o tempo todo. Então, quando grasnam, você sabe que deve mudar de calçada. Você atravessa a rua, mas lá estão eles, nela e do outro lado. Estão por toda parte.

Sabe aqueles pombos da praça?! Assim são as pessoas, covardes, mas insistentes. Alimentam-se de lixo. Reproduzem, têm piolhos, e dizem se parecer com o Espírito Santo. Você as espanta, mas mal saem do caminho e se reagrupam novamente. Não têm causa, têm fome. Comem, trepam e cagam. E você pode passar por eles um milhão de vezes que não te veem, exceto para arribarem e pousarem pouco depois. Parecem fofos, belos e às vezes esquisitos, mas são maus. Maus por natureza. Acima de tudo, espalham doenças. Fazem o mal até quando dizem fazer o bem. E se parecem com o Espírito Santo.

Não te direi o que você deve fazer, porque você sabe. E, se não faz, é porque não tem coragem e, se não tem coragem, é covarde, logo é um pombo que come, trepa, caga e espalha doenças. Há muitas doenças, mas a pior é aquela que o faz se tornar um deles. Se você um dia pegar um pelo pescoço, lhe der um bom safanão e perguntar por que faz o que faz, ele dirá: estou apenas me adaptando. É por isso que comem lixo, entendeu?! Estão sempre se adaptando. Não há limite para a monstruosidade que são nem para a maldade que fazem.

Ah, você é bom?! Não me diga isso! Não acredito em bondade, acredito em pureza. Puro e impuro, apenas isso. Pombos são impuros. São nojentos. Bondade foi algo que criaram para se pouparem e para serem poupados. A natureza só entende o puro e o impuro. Contaminado e não contaminado. E ela não se parece com o Espírito Santo, ela é Deus. Não tem ponte entre ela e seus governados, é só ela. E daí que ela fez os pombos?! Foi pura generosidade. E como eles pagam a generosidade? Se adaptam, se recusam a morrer, se recusam à extinção. Esta, outra dádiva da natureza. Como você aceita a vida, mas rejeita a morte?! Conta para mim, que lógica tem nisso?!

Num dia desses fiz o que devia fazer. Não te conto para dizer que sou inocente, pois isso não é inocência. Fiz porque deveria ser feito. Ruídos e mais ruídos por toda parte. Eu morava há três anos num apartamento, numa imensa cidade de pombos. Primeiro andar. Logo que me mudei, escutava os vagidos de uma criança, que se recusava a dormir. Meia-noite, lá estava ela a fazer seus ruídos. Eu me dizia: "Tudo bem, os pombos têm filhos, e eles fazem barulhos assim". Coitados, eles mesmos não têm paz. Dias e noites, aqueles vagidos horríveis. Então chegou a idade do "dá". Aquele "dááááááá" infernal, acompanhado por um grito estridente. E ninguém dava. Logo os pombos pais começaram a se desentender. E, além do choro do bebê, agora tinha de suportar os gritos e desentendimentos do casal. Mas tudo estava bem, afinal, o porteiro do prédio me informou que aquele era o quinto filho. Logo, eu conseguia compreender que estavam cansados e frustrados por terem, pela quinta vez, de suportar tanto ruído.

Fui estupidamente generoso. Pois, mesmo que os pombos sejam ruins, havia dito para mim mesmo: "Que a Natureza cuide deles!". Agora, sejamos honestos: o quinto filho?! E ainda não sabiam como calar a boca de uma criança?! Não consigo descrever o quanto o barulho me incomodava. Estou acostumado a ouvir Beethoven, Rachmaninoff, um Chopin às vezes, até Carl Orff, e tento ouvir Berlioz. Tento?! Sim, tento, pois a criança não deixava, os pais não deixavam. Quando eu pensava que estava melhorando, o outro filho, que entrou na adolescência, xingava e batia portas. Nos momentos mais preciosos das músicas, com o passar dos meses, havia um tropel de crianças correndo. Pasme, eu estava no primeiro andar, e eles no terceiro! A cada dia, mais e mais o casal brigava e se desentendia, sempre por causa dos seus rebentos. Quem não os entenderia? Imagine aguentar tudo aquilo sem enlouquecer?!

Ao longo de três anos... Reclamar com o síndico, com a síndica, com o porteiro, reclamei. Tudo em bom tom, amigável e amável. Afinal, não sou um pombo. As pessoas apenas me olhavam e falavam cheias de compreensão: "paciência, eles têm cinco filhos!".

Porra! Quem mandou fazer cinco filhos?! O mundo está lotado de gente. É uma irresponsabilidade ter cinco filhos. Ainda mais se não se sabe lidar com crianças. Eu sei, você dirá que eu estava numa favela. Num prédio que virou cortiço. Não, eu não estava. Eu não podia ficar bravo, pois seria falta de educação. Não podia dizer que aquilo era uma aberração, pois diziam que eram apenas crianças. Não podia falar com os pais, pois era evidente que eles mesmos estavam exaustos com o inferno que haviam criado.

Foi como disse antes, são pombos. Acostumados com o lixo. Comem, bebem, dormem e procriam no lixo, até se importam, mas continuam no lixo.

Aquela sexta-feira, fim de tarde, estava sendo de matar. O menino, sim, era do sexo masculino, chorou, gritou, por longo tempo, e depois cantou, gritou novamente, sapateou, fez um inferno, enquanto eu tentava ler Hilda Hilst. A cada linha que lia, era interrompido por um grito, por uma risada cretina ou por um choro mimado. Ele sapateava e corria pelo teto da minha casa, e olha que havia um andar entre nós. Resolvi subir, para pedir aos pais para darem um jeito nisso. Fui pela escada, pois estava impaciente. Minhas mãos tremiam de nervoso. Eram gritos agudos, muito estridentes. Eu os ouvia como se fossem dentro da minha cabeça.

Nem vi as escadas. Apertei a campainha. Uma, duas vezes. Os gritos continuavam. Na terceira vez a porta se abriu. A mãe parada na entrada, e, antes que a mulher gorda e esgotada de tanto ter filhos me dissesse qualquer coisa, localizei o menino tendo um ataque de birra no tapete da sala. O pai estava pouco mais distante no corredor de circulação do apartamento, os outros filhos por ali. Apenas empurrei a mulher para o lado enquanto entrava. Caminhei rapidamente até a criança, pois parecia que o universo seria destruído por aqueles gritos. Levantei-a do chão apertando-a pelo pescoço, subitamente um monte de gente estava à minha volta. Eu apertava aquela garganta. E, pasme, deu certo, ele não gritava mais. Feliz com o resultado, continuei apertando, enquanto tapas e socos, pedidos desesperados me envolviam. Mas apertei até aquela voz desaparecer, até o menino ficar roxo. Aí ele parou de se debater. Apertei ainda mais. Depois joguei-o no chão. Voltei-me para eles, e disse:

— Agora vocês têm paz! Custava terem feito isso antes?! Tão simples!

Ficaram parados me olhando, e depois se jogaram sobre a criança tentando estranhamente reanimá-la. Eram e são loucos. Aquela cria que tiveram destruiu a paz doméstica, o sossego da vizinhança, deixou clara a sua incompetência, e eles fingiam serem dignos chorando por aquela criatura escabrosa. Desci calmamente as escadas, pois, agora, havia ruído, barulho de choro. Gritos e gemidos de incompreensão, mas todos eles significavam que haveria paz. Paz ao menos por alguns instantes. Era assim que eu estava me sentindo, em paz. Entrei no meu apartamento e voltei à leitura de Hilda Hilst e a ouvir *Elegia* de Rachmaninoff, uma prece a Deus. E havia silêncio. Silêncio. Silêncio.

Tranquei a porta do apartamento. Fui até a cozinha. Escolhi a faca de carnes mais afiada, fui até a sala e cortei num golpe minha jugular. Só uma sensação de ardência quando cortei. Enquanto o sangue escorria quente, o segundo *Trio Elegíaco* de Rachmaninoff chegava ao fim. Foi a última coisa que ouvi. Tinha de ser algo belo, tinha de ser uma prece, tinha de ser algo para um defunto... Mas depois havia silêncio. Morri para preservá-lo. Não foi covardia, não foi arrependimento, não foi medo das consequências. Apenas preservei o silêncio que havia conquistado. Eu tenho ouvidos muito sensíveis.

São pombos; perigosos, nojentos e adaptados pombos, e ainda dizem se parecer com o Espírito Santo. Respeito a natureza, não tenho medo da extinção, muito menos em troca de silêncio. E isso faz sentido.

FONTE Minion Pro, Acier BAT
PAPEL Pólen Natural 80 g/m²
IMPRESSÃO Paym

FSC
www.fsc.org
MISTO
Papel produzido
a partir de
fontes responsáveis
FSC® C133282